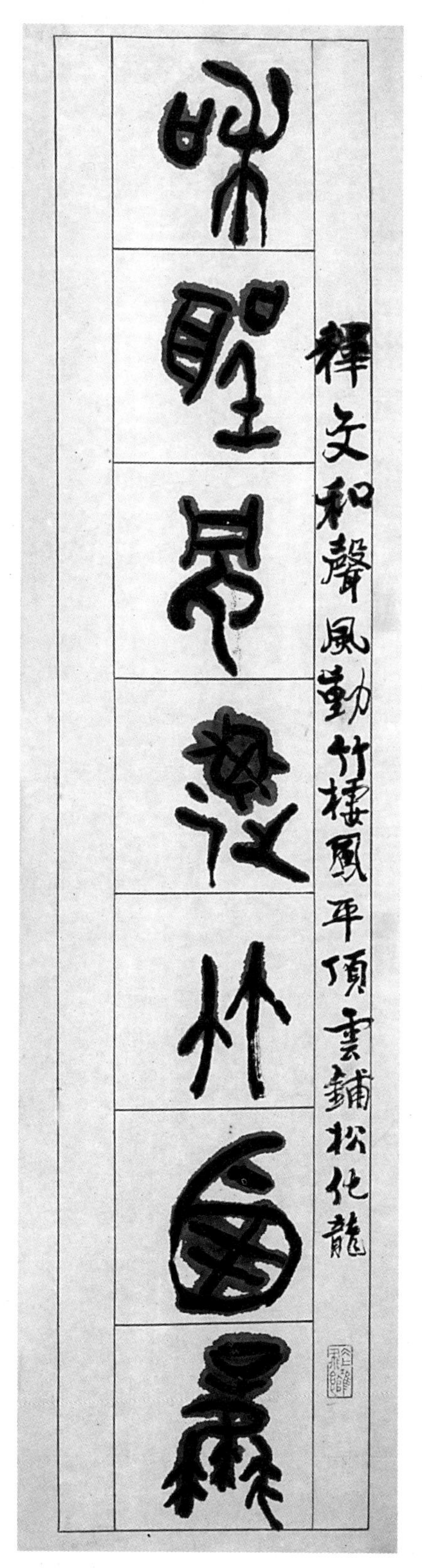

黃賓虹籀文七言聯

西泠藝叢

目錄

顧　　　問：趙樸初　啟　功
主　　　編：朱妙根
編輯部主任：姚建杭
編　　　輯：陳　墨　許曉俊
責任出版：張先富
制　　　版：浙江協通印前服務部
杭州信天翁廣告設計有限公司
印　　　刷：浙江印刷集團公司
出版日期：1999年12月
編輯部地址：杭州孤山路31號　西泠印社
訊址：杭州郵政信箱714號　郵政編碼：310007
電話：(0571)7976405
海外總代理：西泠藝叢(香港)商務圖書公司
地址：香港荃灣享成街13號嘉華樓3樓B座
電話：(00852)76380527　傳真：(00852)24932061
廣告許可證：浙臨廣審字(96)第067號
書　　　號：ISBN7－80517－146－7/J・147
定　　　價：￥48圓　＄28圓

Consultant: Zhao Puchu
Qigong
Chief editor: Zhu Miaogen
Director of editorial department:
Yao Jianhang
Executive editor: Cheng Mo
Xu Xiaojun
Publisher: Xiling Seal Engraver's Society
Platemaker: Zhejiang Xietong Pre-printing
Service Department
Printer: Zhejiang Printing Group Hangzhou Xintianweng
Advertisement Designing Limited Company
Publishing Date: September, 1999
Address of Editorial Department:
No. 31 Gushan Road Hangzhou, China
Mailing Address: Hang zhou Post Box 714
Zip Code: 310007
Tel: 0571-7976405
General Agent Overseas: SAILANG NGAI CHUNG (HK)
MERCHANT BOOKS CO.
Address: FLAT/RM B 3/F KA WAH BLDG 13
HEUNG SHING ST TSUEN WAN NT
Tel: (00852)76380527 Fax: (00852)24932061
Ad Licence: ZLGSZ(96)067
ISBN 7-80517-146-7/J・147
Price: RMB￥48 / US＄28

歷代名跡

印人翰墨

藝苑匯觀

山海星雲

民間藏品

藝林新枝

作品選登

丁 敬

丁 敬

重論浙派

□葉一葦

浙派是我國篆刻史上的一個大派，她的產生與存在，有不少值得我們深省的東西。我於一九八八年寫過《論浙派》一文，發表於同年香港《書譜》第五期。今余正等同志合編《浙派印風》，搜集的許多印例蓋我前所未見；作品按創作年代排列，又可以比較清楚地看出作者的藝術發展軌跡，使我得到不少新的啟發，故撰此《重論》，以就教於高明。

一、浙派的產生、發展和嬗變

清代的文人篆刻是承繼明代篆刻而發展起來的。到了丁敬這個時期，文人篆刻的隊伍日漸擴大，而篆刻藝術的水平却在滑坡，像程邃那樣有大氣的作品已不多見。整個印壇的印風，可以概括為四種現象：（一）摹古的印風。人們有條件看到較多秦漢古印原搨，於是爭相以摹倣為追求目標。這既是一件好事，但也帶來了一些負面影響，因為以摹擬代替創作，實際上是在扼殺創作才能的發揮，最終也將阻礙藝術的發展，正如後來吳昌碩所批評的『贋古之病不可藥』。（二）『明人習氣』的印風。方正、平板、對稱、光滑，毫無生氣。（三）妍媚工細的印風。這是當時的一種『創新』，却是離古愈遠，走向了狹谷。（四）庸俗怪異的印風。這是承襲了胡正言失敗之作，故作離奇，競相摹擬，至流為庸俗。這四種印風在《飛鴻堂印譜》中充分地表現出來。這部印譜是汪啟淑於乾隆十年（一七四五）輯成的，共五集，每集二冊，合四十卷，收錄了百餘家，計印四千多方。讀着這些板滯庸俗相沿成習的印作，真使人有江河日下之慨。

丁敬也是《飛鴻堂印譜》的作者並擔任校定，但他能站在篆刻藝術歷史的高峰上來觀察當時印壇，辨別正偽，取捨利弊，遂能擺脫時習，脫穎而出。他在青年時期就寫過兩首《論印》詩，表現出與衆不同的抱負：

古人篆刻思離群，舒捲渾同嶺上雲。看到六朝唐宋妙，何曾墨守漢家文？

《說文》篆刻自分馳，嵬瑣紛紛眩所知。解得漢人成印處，當知吾語了非私。

在這兩首詩中，我們可以看到他的篆刻藝術觀：他穎悟到『古人篆刻』的精華所在是『思離群』，解放自我完全像嶺上白雲那樣不受羈絆，自由自在地『舒捲』。這樣高瞻遠矚從篆刻創作思想上來立論是前所未有的。

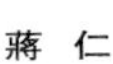

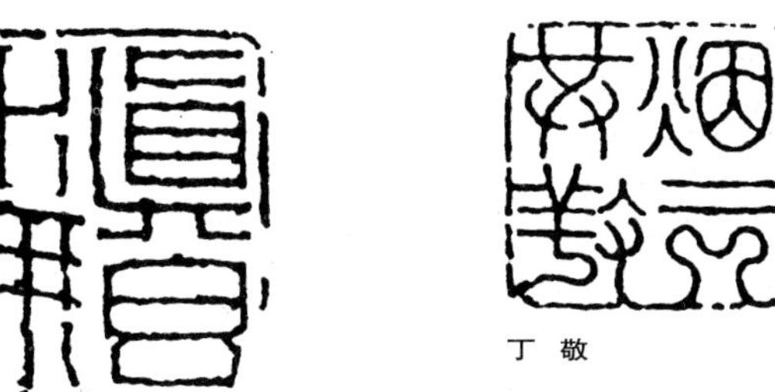

蔣仁

丁敬

丁敬

篆刻家的創作雖然是個體的勞動，但總是處在『群體』的裹挾中。丁敬能從《飛鴻堂印譜》的作者群體中走出來，關鍵在這個『思離群』的思想指導。從創作思想的高度出發，來觀察篆刻藝術的創作道路，他就能夠發掘出許多前人所未解決的問題，如：(一)在印學史上，六朝、唐宋是一個『篆學衰微』的時期，歷來論印者都把這個時期的印章創作棄而不取、全部否定。而丁敬却『尋墜緒之茫茫，獨旁搜而遠紹』，他認為可以『爬羅剔抉，刮垢磨光』，這就是取精去粕的精神。對於這一點，後來的論者每有訾議，其實丁敬在詩裏已說得很清楚，就是其中一個『妙』字，是取其妙。(二)歷來的印家絕大多數認為篆刻中用字必須遵守《說文》，《說文》所無的字就不能入印。丁敬是第一個明確地指出：『《說文》篆刻自分馳』，前者是說明漢字的創造規律，是屬於一般文字的研究問題，後者是藝術的問題，二者是『分馳』的。丁敬這些卓越的見解，歸納起來，一是追求創作上個性的解放，一是篆刻用字的解放，這是一個劃時代的見解。所以他具備了開宗立派的條件。他本着這種認識，從事於篆刻創作的探索，深入到『解得漢人成印處』，去創造有個性的漢印，採擷衆長，不拘一體，創作了多種式樣的作品，以有個性的漢印，去珪激摹古漢印；以樸茂剛健的風韻，去改造平板的『明人習氣』；以剛健蒼勁的綫條，去掃蕩妍媚、怪異的風尚。由此，『江南好手彫零後，獨數龍泓老布衣』(陳萊孝詩)，成為當時印壇的圭臬，成為浙派的始祖。

丁敬篆刻創造的成就，在他活着的時候，還只是個人的成就，正如一泓之淵，還不能成派。比他年齡小數十歲的學生蔣仁、黃易和奚岡，對於丁敬的篆刻創作思想，心領神會，拳拳服膺，深刻地認為老師的篆刻成就『猶澥花詩，昌黎筆，拔萃出群，不可思議。當其得意，超秦漢而上之，歸、李、文、何未足比擬。』又說：『白文渾於漢人，朱文間有宋、元筆意。品格如嶺上白雲，非胸藏萬卷書不能得其畦徑。』(蔣仁語)『印刻一道，近代惟稱丁丈鈍丁先生獨絕，其古勁茂美處，雖文、何不能及也。蓋先生精於篆隸，益以書卷，故其稱輒與古人有合焉。』(奚岡語)他們所領略到的都是丁敬藝術思想的境界，從高處入手，去繼承老師的精神所在。於是他們在創作上，選擇丁敬成熟的能突出個人性格的作品，加以發揚光大。揚棄了其中未成熟甚至平庸的作品，加上他們自己的創造，即魏錫曾所說的『意多於法』，凝煉為浙派的典型。經過他們共同的努力，龍泓之淵，掀起了浪，漸漸形成為派，引起了整個印壇的矚目，名盛於世。乾隆後期，丁敬已故，但浙派的旗幟却迎風飄揚。這就是浙派的產生。

孔雲白在《篆刻入門》中論浙派說：『當徽派盛行之際，有西泠丁敬突起，乃奪印壇盟主之席，開千五百年印學之奇秘，世稱浙派之初祖也。篆刻一道，遂屬浙江。』這話如不去深究，似乎有點過高，其實是有它的深度的。他所謂『奇秘』，究竟表現在什麼地方呢？我們可以分析一下：

第一，丁敬首先開了漢印的『秘』。一般論漢印都說：『渾厚』、『規模宏大』、『雄強』等等，這些並不是『秘』，是公開可見的。而丁敬提出的是『古人篆刻思離群，舒捲渾同嶺上雲』，認為篆刻創作是一種獨立的創造。漢印是史無前例的，是漢人所創。搞篆刻藝術如果缺乏了獨創，跟群而從之，不能離群，就不能發展藝術。所以丁敬的朋友沈心說：『真銓今落龍泓洞』，這難道不是『開千五百年之奇秘』嗎？似此真知灼見，確是文彭、何震所不及，程邃也沒有提及過的。

第二，開漢印個性的『秘』。一般學漢印都從形式去摹擬，進一步地是追求渾厚、質樸等等，而丁敬却輸進了個性。在今天看來這已不算高明，

奚岡

黃易

黃易

黃易

黃易

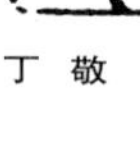

丁敬

奚岡

奚岡

陳鴻壽

但在丁敬那個時代却是一個『奇秘』。他強調了個性，實質上是求個性的解放，與揚州八怪在書畫上追求個性是後先輝映的，是進步的文化藝術的推動力。這也是前人所沒有提出過的。

第三，開陽剛之美的『秘』。陽剛之美與陰柔之美是相對而存在的。但從歷史上看，文學藝術的發展，每到一個歷史關頭，總是陽剛之美糾正了靡弱之風，使文學藝術向前邁進了一步。浙派在篆刻藝術發展的歷史關頭能夠獨樹一幟，而且經久不衰，首先是以其陽剛之美掃蕩了當時印壇纖弱萎靡的時風。

這些都是浙派特有的氣派，是所有其他篆刻流派所不及的。所以丁、蔣、黃、奚等形成了浙派以後，他們就能在當時安徽有鄧石如、巴慰祖，江蘇有黃景仁，浙江有董洵等群星閃爍的局面下，樹起浙派的旗幟。丁敬和蔣仁、黃易、奚岡從年齡上可說是兩代人，他們的歷史作用可以用這幾句話來概括：『莫為之前，雖美而不彰；莫為之後，雖盛而不傳。』這是浙派本身內部的血肉關係。

後來，陳豫鍾和陳鴻壽接踵前徽，把『先人之貽，珍若拱璧』。他們相交『二十餘年，兩心相印，終無間言』，致力創作，使浙派印風更臻成熟。陳鴻壽以豪邁見勝，陳豫鍾以工緻見長，個性不同，仍融為同派。這是浙派的發展階段。

又後，趙之琛、錢松承其餘緒，加以發展，浙派印風自丁敬以來，已風行一百多年。語云：『物之成型，必有終弊。』因為時代的審美觀總是厭舊喜新的。一種面目，司空見慣，已不新鮮。所以浙派到了這個時候，已面臨着時代的挑戰。趙之琛處在這樣的情況下，感到要強化固有的形式，但所作已不如前，甚至愈露敗跡；他經過了多方探索，開闢了漢鑿印的新路，改頭換面，取得了可喜的成就，使浙派發生了嬗變。什麼叫『嬗變』？就是以不同的形式同派相傳。可惜後來的論者抱着形式主義的觀點，以浙派固有的形式為依據，認為到了趙之琛浙派衰落了。這是用停止的眼光看問題。錢松年齡比趙之琛小三十七歲，是後起之秀。他的創造，使人感到『異軍突起』。這個問題，在後另作專論，這裏不贅。

從這個時期起，浙派就表現出兩種情況，在『顯』與『隱』中繼續發展着：一種是明顯的變，如徐三庚，趙之謙；再往下，如吳昌碩、胡钁、來楚生等，他們『顯』的一面是『個性面目』強烈，而『隱』中却仍蘊藏着浙派的傳統；一種是『顯』的方面，堅持浙派固有形式的印風，而在『隱』中又有小變化，如陳祖望、江尊、鍾以敬、王福庵、唐醉石等。一直到今天，雙綫在發展着，綿延未斷。這是從浙派歷史宏觀走勢上的分析。顯變者如上舉徐、趙、吳、來等等，初學浙派，均得真諦，後變法成功，各自創造出新面目，成一代巨匠，正說明他們在繼承浙派創作思想這一優秀傳統上(不僅是技法和形式傳統上)的成功。後世研究中，多把他們單獨以人立『派』，不列入浙派大範圍中。這是把浙派看成僅僅是一種外在的技法模式，忽略了其本質意

奚岡

奚岡

奚岡

奚岡

義上的創作思想的傳承。

二、西泠八家

丁敬（一六九五—一七六五），字敬身，號硯林，別署鈍丁、丁居士、龍泓山人等，浙江錢塘縣（今杭州）人。他一生未做官，在家釀酒開鋪營生，廣交朋友。由於他矢志向學，博覽群書，於學問與藝術兩方面都有高度造詣，成為當時社會上頗有聲望的人物。他的詩有『聲外聲』，八分、篆書遒穆超凡，尤究心於金石碑版，深探源流，細考異同，心儀手摹，不遺餘力。著有《武林金石錄》《硯林詩集》《硯林印譜》等。因為他在篆刻藝術方面的成就卓絕，其他方面就被掩了。

丁敬篆刻創作的主攻方向是『師法古』，而且在『師法古』中強調求其本，而不是逐其末。他說：『秦印奇古，漢印爾雅，後人不能作，由其神流韻閑，不可捉摸也。』（『王德溥印』款），『秦印之結構端嚴，漢印之樸實渾厚，後人之不能摹擬也。』（『金石契』款）他雖然是秦漢並提，實際着重是繼承漢印，從『後人不能作』中，悟出了一個『創造有個性的漢印』。他認為：『要在人品高，師法古，則氣韻自生矣。』（『曙峰書畫』印款）這話可作為他『古人篆刻思離群，舒捲渾同嶺上雲』的注脚。他又說：『近來作印，工細如林鶴田，秀媚如顧少臣，皆不免明人習氣，余不為也』。（『江山風月』印款）所以他特創造風格遒勁的陽剛之美。另一方面他是兼取各時代的長處，汲取多方的藝術營養，繼承和借鑑同步，在他來說都是一種綜合的探索，是一種艱苦的創造。他說：『鈍丁倣漢人印法，運刀如雪漁，仍不落明人蹊徑，識者知予用心之苦也。』（『傲骨熱腸』印款）由於他擷取衆長，所以創作了形式多樣、不拘一體的作品，也由此造成了『秦漢兼元明』的龐雜。至於刀法，也是值得注意的一個問題。明代的篆刻重在筆法，甘暘在《印章集說》中說：『篆故有體，而丰神流動，莊重典雅，俱在筆法。』到了清初，秦爨公在《印指》中說：『章法、字法雖具，而丰神流動，莊重古雅，俱在刀法。』這是一個時代的技法轉向。但清代的刀法，到了丁敬及其浙派才得以全面地形成。丁敬的刀法多樣，如『丁敬之印』粗白文，是用衝刀，厚重中見婉轉，筆畫基本光潔；『略觀大意』白文印，用衝刀，運刀暢快，略帶波磔；『龍泓館印』粗白文，用切刀，輔以衝刀，行刀最見遲澀，筆畫有起伏曲折；『敬身父印』細白文，用衝刀，略帶遲澀，筆畫不光潔，自然剝磔；其餘都在以上基礎上加以靈活運用。後人只看見後來浙派的刀法，說成丁敬只用切刀，這是不確切的。羅叔子在《試論西泠四家的篆刻藝術》中曾把丁敬的作品加以分類統計研究，他舉出了朱文印有五種不同面目，白文印也有五種不同面目。後來蔣仁、黃易、奚岡等人選擇了丁敬作品中如『丁敬身印』細方角朱文，『啟淑私印』、『陳氏可儀』粗白文印等幾種，加以發展，形成了浙派的典型印風。至於像『相人氏』、『宗鏡堂』等類雄偉氣派的風格却沒有得到繼承。丁敬的作品，特別是早期作品，有些是不成熟的，帶有明人習氣，有的甚至是庸俗的。但他一旦識破時弊，就堅決摒棄。因此綜而論之，其師古出新的成就是主要的，而且是卓越的。

蔣仁（一七四三—一七九五），原名泰，字階平，因得漢『蔣仁』銅印而改名，號山堂、吉羅居士、女牀山民，浙江仁和（今杭州）人。有《吉羅居士印譜》。他年齡小於丁敬四十八歲，學習丁敬篆刻深得神髓。從表象看，他的篆刻以古秀勝；從內在的神韻來看，正如錢松說的，是：『沉着不輕浮，不薄弱，不纖巧，樸實渾穆，端凝持重，是其要歸也。』趙之謙評論說：『蔣山堂印在諸家外自闢蹊徑，神致處，龍泓且不如。』（《書揚州吳讓之印

陳豫鍾

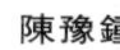
陳豫鍾

陳豫鍾

陳豫鍾

稿》)，蔣仁對篆刻創作的體會是：『文與可畫竹，胸有成竹，濃淡疏密，隨手寫去，自爾成局，其神理自足也。作印亦然，一印到手，意興值至，下筆立就，神韻皆妙，可入高人之目，方為能手。不然直俗工耳。』（『長留天地間』印款）強調創作意興與作品神韻的關係。他以顏體書作款，另具一格。可惜他不肯輕易為人作，作品流傳較少。

黃易（一七四四－一八〇二），字大易，一字小松，號秋庵，浙江仁和（今杭州）人。他幼時即知向學，父親死後，家貧，習刑名之學，為人做幕僚，後任主簿等小官。他長於古文辭，善書畫，喜研究六書、金石碑版。篆刻親受丁敬教導，愛用漢、魏、六朝碑版字入印，風格雄健渾樸。他常把刻印當作檢驗自己學力的標尺，曾說：『余宿有金石癖，又喜探討篆隸之原委，託諸手以寄於石，用自觀覽，並貽朋好，非徒娛心神，亦以驗學力。』（『金石刻畫臣能為』印款）他還強調培養創作感情，如刻『湘管齋』一印，先在雨聲中冥思瀟湘烟雨景色，又觀賞水墨芭蕉圖，加深詩的意境，充實這印的藝術構思，然後進入創作。他的這一藝術主張，對豐富和發展傳統的篆刻創作理論，具有不可小視的意義。奚岡評論他的篆刻說：『友人黃九小松，丁敬後一人。』陳豫鍾說：『余素服小松先生篆刻，於丁居士外更覺超邁。』陳鴻壽說：『平生服膺小松司馬一人。』但他的作品也有不足之處，正如奚岡說的：『猶恨多作宋、元為病。』蔣仁說的：『不免模倣習氣。』

奚岡（一七四六－一八〇三），原名鋼，字鐵生，一字純章，號蘿龕、鶴渚生、蒙泉外史、散木居士，浙江錢塘（今杭州）人。他工詩詞和書法，尤擅山水、花卉，與方薰齊名。治印得丁敬傳授，風格秀逸。他善於把書法理論用於篆刻，他說：『印泥（印印泥）、畫沙（錐畫沙），魯公書法也。鐵生用以刻石，一洗宋、元輕媚氣象。』（『百純人』印款）他認為『作漢印宜筆往而圓，神存而方，當以《李翕》《張遷》等碑參之。』（『金石癖』印款）又說：『倣漢印當以嚴整中出其謫宕，以純樸處追其茂古，方稱合作。』（『壽君』印款）他和蔣仁印風品格較高，這和他們的深厚學養有關。蔣仁、黃易、奚岡三人是浙派立派的功臣，後人把他們與丁敬合稱為西泠前四家。

陳豫鍾（一七六二－一八〇六），字浚儀，號秋堂，浙江錢塘（今杭州）人。出身金石世家，對文字學深有研究。善畫竹蘭，書法得李陽冰法。篆刻師法丁敬。他和陳鴻壽極為友好。在他從事篆刻活動時，丁敬已去世，蔣、黃、奚三人僅比二陳長二十歲左右，又都在杭州，所以時向三老請教。陳豫鍾善於以書法求印法，他說：『書法以險絕為上乘，製印亦然。要必既得平正者，方可趨之。蓋以平正守法，險絕取勢，法既熟，自能錯綜變化而險絕矣。』（『趙輯寧印』款）但篆刻的

錢　松

陳豫鍾

丁　敬

蔣　仁

陳鴻壽

陳鴻壽

陳鴻壽

陳鴻壽

風格卻甚綿密工緻，這大概受李陽冰篆書的影響，謹於法度，就離有個性的漢印愈遠。所以傳栻說他印『筆多於意，儕浙五家，不免為仲宣體弱』。邊款常作密行細字，也有特色。

陳鴻壽（一七六八—一八二二），字子恭，號曼生，種榆道人，浙江錢塘（今杭州）人。清拔貢，官淮安府同知。他古文修養很好，書法篆隸行草都能，特別是隸書個性極強，；善畫梅，能自製紫砂壺，興趣多方，多才多藝。篆刻服膺丁敬，與陳豫鍾同受蔣、黃、奚的指點，風格豪邁雄健；陳豫鍾說：『篆刻余雖與之同能，其一種英邁之氣，余所不及。』他對篆刻創作曾說：『書畫雖小技，神而明之，可以養身，可以悟道，與禪機相通。宋以來如趙，如文，如董，皆不愧正法眼藏。余性耽書畫，雖無能與古人為徒，而用刀積久，頗有會於禪理，知昔賢不我欺也。』（『書畫禪』印款）。在西泠八家中，他和後來趙之琛的篆刻在用刀上把『浙派』風格更趨於典型化，更突現個性，所以魏錫曾批評說：『刀法之缺蝕，亦從來所無。』這是他最大的特點。

二陳處在浙派的發展階段，後人把他們合前四家為西泠六家。

趙之琛（一七八一—一八五二），字次閑，一字獻甫，浙江錢塘（今杭州）人。他善於書畫，精研金石文字，篆刻拜陳豫鍾為師，稱為高足，亦兼用陳鴻壽刀法。在嘉慶、道光年間，浙派作家以陳鴻壽、趙之琛為代表。他善於從多方面汲取藝術營養，在印款中寫下了許多體會和經驗，後人評他為『嫻熟精能』。但有些作品過於公式化，也有『鋸牙燕尾』現象，後人對他有許多批評。他在後期作了很大努力，在取法漢鑿印方面開始走出了一條新路，很有成就。但沒有引起人們的注意，所以過去有許多人對他的評論，未免有失偏頗。

錢松（一八一八—一八六〇），原名松如，字叔蓋，一字耐青，號鐵廬、西郭外史，浙江錢塘（今杭州）人。從小酷愛金石文字，隸、行書功力很深，善畫山水，花卉。他的篆刻得力於漢印，曾摹漢印二千方，趙之琛驚歎為『丁、黃後第一人，為文、何所不及』。錢松自己說：『篆刻有為切刀，有為衝刀，其法種種，予則未得，但以筆事之，當不是門外漢。』所以篆刻作品有濃厚的書法味。他服膺浙派，評論說：『國朝篆刻，如黃秋庵之渾厚，蔣山堂之沉着，奚蒙泉之冲淡，陳秋堂之纖穠，陳曼生天真自然，丁鈍丁清奇高古，悉臻其妙。予則直沿其原委秦漢。』但在他的印譜中前期的作品，學浙派印風深入堂奧；後期作品個性鮮明，判然不同於前。總的給人印象是：腕力雄健，氣韻渾成，意境甚高，獨樹一幟。趙之謙對他的評價是：『漢銅印妙處，不在斑駁，而在渾厚。學渾厚則全恃腕力，石性脆，刀所到處應手輒落，愈拙愈古，看似平平無奇，而殊不易貌。此事與予同志者杭州錢叔蓋一人而已。』魏錫曾的評論是：『余於近日印刻中，最服膺者，莫如叔蓋錢先生。先生善山水，工書法，尤嗜金石，致力篆隸。其刻印以秦漢為宗，出入國朝丁、蔣、黃、奚、鄧諸家。同時趙翁次閑方負盛名，先生以異軍特起，直出其上。』（《錢叔蓋印譜跋》）他在藝術上的明智是丁敬創作思想強調個性的繼承。後人把趙之琛、錢松和陳豫鍾、陳鴻壽又合稱為西泠後四家。前後總合起來稱為西泠八家。

西泠八家，丁敬是浙派的祖師，其餘是繼承丁敬成為浙派成就最高的代表人物。他們雖都是浙派印風，但在大同中又有異，如蔣仁以沉着古醇勝；黃易以遒勁秀逸勝；奚岡以冲和拙質勝；陳豫鍾以娟秀工緻勝；陳鴻壽以雄邁恣肆勝；趙之琛以嫻熟精能勝；錢松以稚拙淳古勝。後人類似的概括，基本上說明了一點，他們都在不同程度上追求個性，謀求發展。

趙之琛

趙之琛

趙之琛

趙之琛

自丁敬以來數百年中，學習浙派的人可以說是風起雲湧，難以統計。這次《浙派印風》新輯，增補了以清末時代為界限的八人，附錄於後，以見一斑：

屠倬（一七八一—一八二八），字孟昭，以原籍紹興琴塢為號，晚號潛園，浙江杭州人。嘉慶十三年進士，官江西九江知府。工詩文，善書畫。篆刻宗陳鴻壽，造詣頗深，在道光、咸豐年間頗負盛名。

胡震（一八一七—一八六二）字伯恐，亦作不恐，號胡鼻山人，浙江富陽人。好篆籀八分。篆刻與錢松齊名，風格亦相近。吳昌碩極為推崇。作品似不及錢松。

嚴坤，字粟夫，活動於清代嘉慶、道光年間，浙江湖州人。工篆隸，篆刻以丁敬，陳鴻壽為宗。他在印款上刻有『凡作朱文不難豐秀，而難於古樸；不難整齊，而難於疏落。操刀者須精神團結，意在筆先，斯為上乘。余每心慕手追，未克臻此妙境』，反映了他的篆刻創作思想。

趙懿，活動於清代嘉慶、道光年間，初名祖仁，字穀庵，號懿子，為趙之琛次子，浙江杭州人。工書，擅畫梅，嗜飲酒，流寓松江。篆刻宗陳曼生風格，豪邁奇拔。

沈愛蘐，活動於清代道光年間，字琴伯，一字壽伯，浙江嘉興人，沈道腴之子。能詩善醫，工篆刻，出秦入漢，專講奏刀，古雅深厚。

陳祖望，活動於清代道光年間，字辛庵，浙江杭州人。篆刻宗趙之琛，風格酷似，得其神韻。

江尊（一八一八—一九〇八），字尊生，號西谷、太吉，浙江杭州人。工篆刻，為趙之琛入室弟子，傳其衣鉢，頗負時望。

以上八人藝術上都具相當造詣，但就浙派發展而言，似不足為跳網之鱗。他們主要是沒有領略丁敬的創作思想與浙派的精神所在，只是形式上隨群，而不是『思離群』。

三、浙派的藝術特點及其歷史意義

浙派印風的特點，請略歸納如下：

（一）在藝術創作思想上突出一個『變』字，在變中立派，在變中發展，強調個性，規模宏大，為篆刻藝術的繼承與創新作出了榜樣。

（二）在篆刻的方寸之中，創造了寓蒼茫於平正的章法，結構嚴密，穩健，顯示出一個新的水平；在用字上，擺脫了《說文》的束縛，更多地輸進了隸意，發展摹印篆；篆法的筆意又與刀結合，往往於切刀的徐進之中體現特有韻勢。正如馮承輝在《印學管見》中說的『畫不難於直，難於直而曲，似曲而直』，表現出『屋漏痕』的意味，加強視覺形象的強烈面目。

（三）把篆刻藝術與金石考證有機地聯繫在一起，豐富了篆刻藝術內涵。

（四）大幅度地擴充了邊款的內容，寓印學理論於款識，單刀刻款，各體畢備，密密蠅頭，開拓着微觀世界，使篆刻藝術向着全方位欣賞發展。

當然，從西泠八家作為浙派的一個階段來看，在他們的作品中也存在着歷史的局限性以至不足之處。如印貌大體上以漢印為規模，文字以摹印篆體系為主；戰國古璽那種生動不拘的藝術樣式很少創作，不免單調之感；用刀的細碎，不免招致鋸齒燕尾之弊。

但是，浙派成為篆刻史上超越了任何流派的大派，時間之久，經歷了二百多年；地域之廣，跨出了浙江；人數之多，難以統計；大名家輩出，輝耀印壇，如果僅僅從它的藝術特點上來理解，這是非常膚淺的。它之所以取得成就還在於它的藝術創作思想，所謂『根深』才能『葉茂』。丁敬的篆刻『思離群』思想一直是浙派創作的主導思想。『思離群』用簡單的話說

趙之琛

趙之琛

錢松

錢松

蔣仁

就是創造。在浙派的產生與發展階段就是表現在創造出『有個性的漢印』。『印宗秦漢』歷來為篆刻家奉為金科玉律，而創造出有個性的漢印是浙派的新發現，這是一種藝術發展總規律在篆刻藝術中的新發現。後來在浙派的嬗變時期，進一步地從『有個性的漢印』擴大到『藝術個性』，可以從趙之琛，錢松身上得到反映；再到了趙之謙、吳昌碩等人，個性的表現就更明顯了。這就是『思離群』的推動力。過去有些人論浙派，僅僅着眼於它的藝術特點，甚至於僅僅着眼於技法，所以往往只能及其末而不及其本。技法的創造，固然是重要的，它也可以創出一個『派別』來，但往往只是曇花一現，經不起歷史的考驗，被滾滾的長江浪淘盡了英雄人物。而浙派能夠在歷史長河中屹然挺立，主要是它藝術思想所蘊藏着的創造力。這就是浙派的歷史意義與價值。

四、關於浙派研究中的若干問題

（一）關於『浙宗後起而先亡』說

魏錫曾是清代同治年間一位有影響的印學評論家，不少評論很有卓見。但他在《吳讓之印譜跋》中『浙宗後起而先亡』的論斷却是失誤了。沙孟海在《印學史》中已提到『魏錫曾「浙宗後起而先亡」之說，還需要討論』，可惜他沒有討論。浙派的產生和鄧石如的崛起是同一時期，魏文已把鄧石如稱為『皖宗』，這是用詞因概念內涵的不同而造成的混淆不清的問題，是容易把它弄清的。『浙宗』對鄧石如的『皖宗』來說，並不是後起，不須多作討論。問題是『先亡』說。『亡』的概念內涵是指滅亡、消失。這不是用詞不當的問題，而是對藝術發展的觀點問題。他的『先亡』說在文章中是這樣引出來的：『鈍丁之作，熔鑄秦、漢、元、明，古今一人，然無意自別於皖；黃、蔣、奚、陳曼生繼起，皆意多於法，始有浙宗之目。流及次閑，偭越規矩，真自鄶爾。』先要說明一下這個『自鄶』：鄶，古國名，在今河南密縣東北。『自鄶』這個典故出於《左傳》：春秋時，吳季札觀樂於魯，對各國的詩歌都有評論，對鄶國以下的詩歌認為微不足道就不評論了。後『自鄶』就成了對事物表示輕視，不屑齒及的意思。魏錫曾在這裏引用這個詞，是認為趙之琛的篆刻『偭越規矩』，不足道了。這與趙之謙的『浙宗自家次閑後，流為習尚』，高時顯的『浙宗至次閑而弊生矣』（均見《吳讓之印存跋》）是同一個看法，由此而推論得出了『浙宗先亡』的論斷。『偭越規矩、流為習尚』、『弊生』等等，並不能說成是『亡』，魏錫曾在同一文裏論及趙之謙說：『（趙之謙篆刻）今日由浙入皖，和合兩宗為一，而仍樹浙幟。』如果浙派已先『亡』，趙之謙哪還有『浙幟』呢？這在他的邏輯上是自我矛盾的。魏錫曾這個錯誤論斷的原因在於：他看到了浙派的變化現象，而缺乏發展的觀點。他看到了浙派印風的固有模式，到趙之琛的作品中出現了『偭越規矩』而生弊端，於是就產生悲觀的『亡』的觀念。認識不到趙之琛『弊生』的同時探索新的『嬗變』的努力，因此看不到浙派仍在發展，更看不到未來。趙之謙的篆刻是魏錫曾承認的浙派，吳昌碩的白文印又何嘗不是『有個性的漢印』？後來王福庵、韓登安的許多印作更留有明顯的浙派風範。浙派的影響遍及海內，齊白石就是學浙派起家的；現今各地不少篆刻家還在學習浙派。這些事實都說明浙派沒有亡。

『浙宗先亡』論違背客觀歷史事實，不攻自破，但作為印學界一個頗具影響的學術主張，其形而上學和主觀唯心論的錯誤觀點，容易引導人們忽視事物發展的客觀歷史過程，誤入技法討論的狹小圈套之中，既障蔽了技法的本質屬性，又妨礙了學術研究的正確導向，因此必須予以批判和廓清。

蔣仁

錢松

錢松

錢松

丁敬

錢松

錢松

胡震

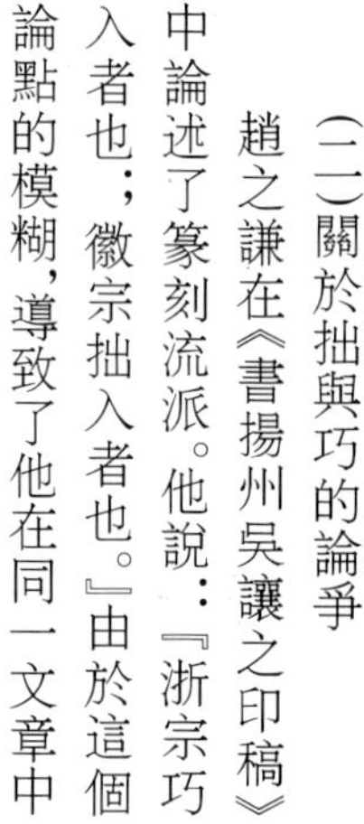

(二)關於拙與巧的論爭

趙之謙在《書揚州吳讓之印稿》中論述了篆刻流派。他說：『浙宗巧入者也；徽宗拙入者也。』由於這個論點的模糊，導致了他在同一文章中先後自相矛盾，試看：

一、他說：『浙宗見巧莫如次閑；曼生巧七而拙三；龍泓忘拙巧；秋庵巧拙均；山堂九拙而孕一巧。』這是他具體的論據。上述五位浙派篆刻家，依照趙之謙對他們『巧』的程度分析，只有趙次閑和陳曼生是屬於『巧』的，何能以偏概全。

二、趙之謙在評論徽宗的吳讓之篆刻說：『徽宗拙入者也。今讓之所刻，一豎一畫，必求展勢，是厭拙之入而願巧之出也。』既然吳讓之已『願巧之出』，徽宗已發生了『反向』變化，作為論據已是無力。

我們從趙之謙的全文中不難看出，他的立論是褒拙而貶巧的，這是一種不必要的偏見。所以在《吳讓之印存》的跋中，曾熙、高時顯、任堇等人都對趙之謙的觀點提出異議。在巧拙問題上我認為吳昌碩說得最好，他說：『余癖斯者亦既有年，不究派別，不計工拙，略知其趣，稍窮其變……』『趣』與『變』指出了篆刻藝術關鍵，對任何派別，如果脫離了它客觀的條件去妄加褒貶，都是不必要的。吳昌碩的胸懷高過了趙之謙。從趙之謙的目的來推測，丁敬是忘拙忘巧，趙之琛是全巧，無非想援證一下『浙宗自家次閑後，流為習尚』的論點。

拙與巧是兩種審美觀點在具體作品中表現出來的現象，這種表現來自作者個體的審美思想的追求，同是一個作者他會在自己的作品中出現有的是拙，有的是巧；在一個流派中則會產生更多的拙與巧。趙之謙把這種變化不定的拙與巧，來概括一個定型的流派，當然是無法說清楚的了。但他這個巧拙之論，后來為許多人所盲目引用，人云亦云，不作深察，影響極大，不能不加以澄清。

(三)關於『四鳳派開啟了浙派』的問題

張郁明先生的《四鳳派與西泠四家》一文(見《西泠藝叢》一九九〇年第四期)，以大量的歷史資料論述了西泠四家和揚州的關係，這對我們研究丁敬和『四鳳派』交往關係提供了具體的材料，十分可貴。但他得出的結論是：『乾隆年間，丁敬流離揚州在和揚州八怪的書畫詩文交流中，見到了四鳳派的篆刻，從中受到啟示，吸收了適合自己的有益成份後才開始自己的印章變法的。亦即是說，是四鳳派開啟了浙派。』這個論斷，殊嫌論據不足，不敢苟同。

第一，就我閱讀到的現有的有關於丁敬的資料，都未找到所謂『四鳳派開啟浙派』的可信證據，最能說明問題的當然是丁敬篆刻創作的自白，在他的款跋中，記明了『倣六朝』、『倣宋』、『倣明』的很多，甚至於『倣米元章』、『倣漢印法，運刀如雪漁』而却沒有一個是倣四鳳派中某家的，或是受四鳳派『啟示』的流露，這是第一手資料。第二，在丁敬與揚州四鳳派的交

屠倬

胡震

嚴坤

趙懿

往中，也未見到有關在篆刻上『開啟』的事實。在清代或以後的印論中也未得到佐證。

張文說：『沈鳳的《謙齋印譜》在雍正六年（一七二八）之前已經編就，已極具後來的貌似浙派的藝術風格。依上所列年限計算，即丁敬三十四歲之前，貌似浙派的四鳳派印章已在揚州畫壇風行，而彼時丁敬根本還談不上後來的所謂「浙派」風格。』依照這個推論，後來的所謂『浙派』風格是完全從四鳳派搬來的。如果這樣的話就不能稱為『浙派』，而應該是稱『四鳳派』了。在作品中根據『貌似』的推斷是一種極不準確的推斷，正如魏錫曾評論丁敬的朱文印刀法是從明朱簡的切刀而來的，並說：『今以朱文刀法驗之良然。』對於這一點，張文已提出批駁。否定了魏錫曾觀點，我也很有同感。但張文在四鳳派開啟浙派的問題上却陷入了與魏錫曾同樣的臆測失誤。這些我們姑不作深論。值得討論的是：①所謂『四鳳派』是否在當時『風行』並雄踞印壇？②《謙齋印譜》的印風是否可以與浙派印風相提並論？

先討論第一個問題。就客觀的反映，在《篆刻入門》一書里，寫到丁敬的是：『篆刻古拗峭折，直追秦漢，於文、何、蘇、程之外，別樹一幟，力挽矯揉嫵媚之失，海內奉為圭臬。』而對所謂『四鳳派』却只字不提。鄧散木的《篆刻學》中提到『開浙派者丁敬，遠承何雪漁，近接程穆倩。……蓋丁氏力追古賢，而不肯墨守漢家成法，所見疏遠，所就自大。』在流派的系統裏，列有金農，鄭燮，而偏偏沒有『四鳳派』。沙孟海的《印學史》裏也不提『四鳳派』。這不能說他們都存有同樣偏見，『有眼不見泰山』，原因應該是『四鳳派』還遠不足以仰為『泰山』，這是顯而易見的。第二個問題是對《謙齋印譜》所反映的印風。這本印譜，王澍在《序言》里說：『僕（王自稱）變解蒙者，然樸拙有餘，精蘊或減。』方去疾在《明清篆刻流派印譜》中介紹沈鳳篆刻的按語也說：『『工整有餘，氣韻尚嫌不足。』兩人所見相同：它和浙派的『有個性的漢印』是不能相提並論的。就這兩點，浙派與『四鳳派』是南轅北轍。羅渠在《西泠八家選序》中總結性地說：『吾杭印人以子行始，以叔蓋終，非程穆倩、鄧石如、吳讓之之輩所可並論也。』更何況是『四鳳』？

高鳳翰、沈鳳、汪士慎和高翔等四人的篆刻是各有其成就的，西泠八家之一的奚岡就說：『近代丁龍泓、汪巢林，高西堂稍振古法，一洗妍巧之習。』（『鐵香邱學敏』印）這裏就讚及『四鳳』中的汪士慎和高翔兩人。但是要居然成為一個大派，雄峙印壇經久不衰，是要具備一定的條件的，這主要是藝術創作思想的鮮明和成熟。平心而論，『四鳳派』缺乏丁敬那樣『篆刻思離群』的高瞻遠矚，缺乏丁敬那樣『《說文》篆刻自分馳』的判別慧力，缺乏丁敬『看到六朝唐宋妙』那種探險者的膽識，缺乏丁敬那樣『何曾墨守漢家文』的決心。在藝術創作上具有戰略、戰術的氣派，所以浙派能成為衆望所歸的大派，而『四鳳派』却只能在篆刻史上名落孫山了。當然，『西泠八家』是有志於篆刻；而『揚州八怪』是有志於書畫，各領風騷，各有千秋。丁敬與金農等揚州八怪書畫同道交好，互相切磋，互相汲取營養，受到啟發，是藝術交流中非常正常而普遍的事，但這顯然不能作為誰開啟了誰的理論依據。

在未有新的資料發現以前，我仍是認為：浙派之源，來自丁敬，丁敬篆刻之源，來自漢印。

（四）關於對趙之琛的評價

過去，對趙之琛篆刻的評價大多趨向於貶，錄主要的幾條於下：

『浙宗自家次閑後，流為習尚，雖極醜惡，猶得衆好。』（趙之謙《書揚州吳讓之印稿》一八六三年十月）

『（浙宗）流及次閑，偭越規矩，直

沈爰護

陳祖望

陳祖望

楊與泰

江尊

趙之琛

陳鴻壽

趙之琛

陳鴻壽

自鄶爾。』（魏錫曾《吳讓之印譜跋》）

『浙宗至次閑而弊生矣。』『然次閑、讓之亦各有自持，卓然名家，未可漫致訾議焉。』（高時顯《吳讓之印存跋》）

『趙次閑之篳路藍縷，皆後世學浙派者鋸牙燕尾一派所自出，軀殼已非，遑論神意？』（鄧散木《篆刻學》）

『趙之琛所作務求倩美，以巧取勝。平日治印最多，手跡流傳不少，燕尾鶴膝，未免詬病。論者謂丁、蔣風格到他身上已少遺存。但也有人偏愛趙作，説他別有佳致，故不能一概而論。』（沙孟海《印學史》）

其他一些評論大同小異，不煩贅引。總的是貶多於褒，在貶中又含有淡淡的褒。這些評論明顯地表現着：①取趙之琛一些已具定型，即公式化的作品，率爾作評，未計其他；②只看到他少數『鋸牙燕尾』的作品，率爾作評；③把後人學他的缺點歸咎於他；④很多是人云亦云，過分相信前人的評論。前年我看到余正編的《西泠印社藏趙次閑印集摹搨本》，現又見本卷趙之琛作品較完整的印例，覺得以前的評議尚欠公允。

浙派的印風，發展到趙之琛的年代，已是『李杜詩篇萬口傳，至今已覺不新鮮』（趙翼句），時代要求於趙之琛的篆刻創作也已更為嚴格。但在西泠後四家中，他和陳鴻壽却突出地使浙派的印風更趨於典型化，技巧程式規律的定型，對藝術的發展是致命的。而當時他二人又被一些人當作浙派的權威代表，從而使一些人不能正確認識浙派的廬山真面目，這是趙之琛的致命傷。但另一面，他又在求變，而且跨出了相當大的一步。請看本卷趙之琛的印例中如『漢瓦當硯齋』、『依舊草堂』、『未能拋得杭州去』、『頌禾字睦中』一類的百多方印，完全是一個新的面目，與他過去的印判若二人。當我在看他舊面目的作品時，不禁喟然歎道：『無可奈何花落去！』而當我看到這些來源於『漢鑿印』新面目的作品時，又不禁發出『似曾相識燕歸來』之慨。由是而感到評論作家應該考察他的全部作品，特別是看他後來求變的作品；『即其舊不圖其新』，是不能得出公正的評價的。如『漢瓦當硯齋』這方印，已故篆刻家韓登安先生看到時説：『這樣的作品，王福老刻不出，我也達不到。』評價很高。可奇怪的是何元錫在這印題跋中却這樣刻着：『趙次閑為陳氏秋堂高弟，素負鐵篆之名，所刻合作甚少。蓋印之所貴者文，文之不貴，印於何有？不究心於篆而徒事刀法，惑也。』這個批評，如果放在趙之琛的一些程式化作品上，還可以説得過去，而他恰恰是刻在這方『漢瓦當硯齋』的印跋上，不但文不對題，而且明顯地是一種不懂篆刻藝術的偏見。

趙之琛求變還是在於創作思想，他在四十多歲時已開始意識到『倣漢人印不難於形似，而難於神似』；（『陳經印信』款）後來又進一步肯定：『倣漢印不求形似，惟求神似。』（『逋卿』印款）。大概是晚年深入了這個思索，藝術思想有了『飛躍』。這個『神似』就使他跳出了形式主義的圈

丁敬

趙之琛

黃易

黃易

子。所以羅榘評論他說：『（次閑）晚年神與古化，鋒鍔所至，無不如志，實為四家後一大家。』又說：『（錢松）蒼莽渾灝……，與次閑可稱二勁。』（均見羅榘《西泠八家印選序》）可惜趙之琛這些後期新面目的創作，後人沒有繼承，美而不傳，歸於湮沒，論者只取其舊的面目以為評論。趙之琛的後期作品實是浙派印風嬗變的歷史轉折。

（五）關於對錢松的評論

魏錫曾在《錢叔蓋印譜跋》中說：『余於近日印刻中，最服膺者，莫如叔蓋錢先生。先生善山水，工書法，尤嗜金石，致力於篆隸。其刻印以秦漢為宗，出入國朝丁、蔣、黃、陳、奚、鄧諸家。同時趙翁次閑，方負盛名，先生又異軍特起，直出其上。』以後的論者對錢松是褒而無貶的。

爭議的問題是，錢松是否屬於浙派？如方去疾在《明清篆刻流派印譜》『簡述』中說：『錢松是杭州人，西泠八家之一。因其他西泠七家都是浙派名手，後人將他歸為浙派行列。其實錢松與浙派毫無共同之處。他的章法來自漢印，刀法又受吳熙載的影響，以切中帶削的形式表現，實為一種創新刀法。他的基礎堅實，看似漫不經心，主在得勢，因是一種新的流派，其作品特別引人注目。』韓天衡在《歷代印學論文選·錢胡印存》的按語中也說：『（錢松）雖被鄉人列為西泠八家，所作實不類浙宗，蓋出新之別調。』顯然，方文中的『錢松與浙派毫無共同之處』，『刀法又受吳熙載的影響』，韓文中的『所作實不類浙宗』，都是失察的。產生這種爭議的原因是：

①錢松遺下的作品確有兩重性：前期大量的作品是完全深入到浙派堂奥的；後期大量創新的作品，確是另一種新面目。取其後期，去其前期，正如評論趙之琛取其前期去其後期，恰成兩個相反的偏向。

②是受魏錫曾『浙宗後起而先亡』的影響，他已把浙派的『亡』界定在趙之琛身上，因而得出了錢松不屬於浙派的結論。

③時代對派別看法已起了變化。自鄧石如崛起，人們稱為『鄧派』；對趙之謙也有稱為『趙派』，視綫漸漸地由地域派別之稱轉向個人之稱。這是由於社會發展，各方面的條件更好，藝術交流的方面廣闊，要求篆刻藝術更向多樣化發展的趨向。在這樣情況下，如果把錢松的篆刻另稱為一家也未始不可。但從總體上說他仍是屬於浙派的。錢松和趙之琛被羅榘稱為浙派的『二勁』，這個『二勁』說得很中肯，因為是他們二人的變勁使浙派發生了嬗變。從此而後浙派向着兩條綫同步發展：一條綫是浙派印風保持着原有典型加上各人自己的個性；另一條是突出了作者自己的個性，原有浙派的印風比例較小，但在總體上仍可看出是浙派的體系。

五、結語

從繼承傳統中去創新，從觀念的更新來指導藝術實踐，從個性的發揮來表現出藝術光輝，從增進藝術內涵來探索藝術形式等等，都是浙派的藝術創造力。這種精神，我們概括為篆刻的浙江精神。翻開中國篆刻藝術史，首先是趙孟頫的《印史序》，登高一呼，改弦易轍，提倡漢魏質樸印風；吾丘衍作《三十五舉》第一個探索了漢印的規律，提倡『敦樸』印風，端正了導向；王冕以花乳石刻印，『天馬一出，萬馬皆喑』，以實踐啟導篆刻藝術。他們是文人篆刻藝術的先驅，丁敬繼承了先人的鴻烈，力挽頹風，開闢了像滾滾長江的大派。數百年來，雖有起伏，但浙派一輩輩印人，繼承發展，努力開拓未來，對整個中國篆刻藝術事業的發展起到了重大的推動作用。

吴茀之

中國畫理概論（節選）

【編者按】《中國畫理概論》係已故中國花鳥畫大師吴茀之教授遺著。始撰於三十年代，曾用作上海美專、國立藝專講義，一九四二年三月完成於閩西。原著分上、下兩編，總四章二十一節；現存稿止於上編二章十一節；本刊發表時又删去了『引例』、『目録』及第二章『用色』、『布局』、『款題』三節，易『第二章通論』之題為『中國畫之六要』，删去了引述前人畫理墨法之篇幅；不再標題『編』、『章』，而曰『節選』，庶使讀者勿以此篇而度量作者論畫之博洽也。

緒論

畫之為藝，雖重寫形，實則藝進於道，為一種人類進化之標幟，小則可以見各作者之品性與智慧，大則可以代表某民族某時代之文化；其遷想之精微，非窮理盡性，致知格物，不足以語此；其含義之深宏，非但寄情託興，用以自娱而已，實為修身治國之助；唐張彦遠謂：『畫者，成教化、助人倫、窮神變、測幽微，與六籍同功，四時並運。』誠篤論也。

吾國在東方開化最早，素以精神文明著於世。繪畫一道，相傳至今，尤以傳神為重，視西法之專以輪廓、明暗、遠近、色彩等傳形為能事者（新派之西畫例外），蓋覺其超然有獨特性。

斷自有虞始，四千餘年來，畫家輩出，代有其人，畫跡流傳何啻千萬，即就往古之畫説而論，亦足以汗牛充棟。戰國時莊周之記宋元君稱『解衣槃礴羸為真畫者』一事，其推崇畫家忘形態度，確具卓識，實為吾國論畫之濫觴。繼之者，韓非子載齊君客謂：『畫狗馬難於鬼魅。』所言寫生畫與想像畫之難易，亦有理由。此後如漢之劉安謂：『尋常之外畫者，謹毛而失貌。』張衡謂：『畫工惡圖犬馬而好作鬼魅，誠以實事難形，而虛偽不窮。』晉王廙畫孔子十弟子圖，以勵兄子羲之曰：『學畫可以知師弟行己之道。』（南朝宋宗炳《畫山水序》，趨靈媚道，極談神理之妙。王微《敍畫》，以物之容勢，取畫之情致。）其立論亦各有獨到處，然皆斷章片語，不足為奇；如言裒然成篇，足資後學借鏡者，當以晉顧愷之《畫評》《雲臺山記》，及《魏晉勝流畫讚》為中國畫理上最有力之表示！雖論畫專著，人皆以南齊謝赫之《古畫品錄》為最古，其實顧愷之已開先河之道，不過謝赫所舉漢魏以來之畫跡釐訂一、二、三、四、五、六各品，其條理更明晰耳。

自此專著漸多，梁元帝之《山水松石格》，陳姚最之《續古畫品錄》、唐王維之《山水訣》、張彥遠之《歷代名畫記》、朱景玄之《唐朝名畫錄》、宋劉道醇之《聖朝名畫評》、郭若虛之《圖畫見聞誌》、胡煥之《宣和畫譜》、鄧椿之《畫繼》、元黃公望之《山水訣》、夏文彥之《圖繪寶鑑》、明屠隆之《畫箋》，李日華之《畫媵》、張丑之《清河書畫舫》、董其昌之《書畫旨》、唐志契之《繪事微言》、龔半千之《畫訣》等不可勝數，迄於遜清末造，論畫之書總計不下四五百種，有作自畫家者，有作自鑒藏家者。或論畫之理法，或述畫之流傳，或評畫之優劣，幾乎人各有說，說各有理，要皆繪畫心得之言，不可謂非吾國畫學之成績，文獻之寶藏也。

惜乎！今日舉國滔滔，咸趨於個人功利之一途，治畫者雖不少，而畫理之研求，大都無暇及之，長此以往，勢必至於受現實生活之壓迫，賣弄技巧，盡淪於工匠之畫而後已。近復以洋畫之輸入中土，日新月異，竟有主張混合西法，形成一種不中不西之繪畫為新中國畫者；亦有以國畫之過於想像美之表現，不易瞭解，欲將固有繪畫所注重之筆墨神韻等，一概廢而不談，別樹一種大衆化之繪畫者；試問：功利薰心，何能表現純潔豐厚偉大之品質？人主我奴，民族之獨立性何在？不知大衆之欣賞力日益提高，偏欲以低級之品迎合之，則國畫之衰退，將伊於胡底？此誠吾國繪畫之危機，非對中西畫理切實加以普遍之研究與認識，恐終無入路，以挽頹風！但吾國畫理至微，欲搜襲前人遺著，苦於茫無涯涘，難得系統。茲為與同志相互切磋計，就管見所及，擇其較為重要而易領悟者，略加探討焉。

國畫之起源

吾國最古之繪畫，如何產生？起於何時何人？年湮代遠，莫可究詰；稽古人之傳說而歸納之，要以起源於象徵象形，後漸變為美術圖畫之說為近似。象征之畫，創自伏羲氏畫八卦，乾☰、坤☷、離☲、坎☵、震☳、艮☶、兌☱、巽☴，以極簡單之描綫作為天地火水雷山澤風之標記，即顏之推家訓所載『圖理卦象』是也，此殆可謂國畫之胚胎。象形之畫，又分二說，書法創自倉頡，畫法創自史皇，皆黃帝時臣，其實書畫同源，如日⊙、月☽、草艸、木木、蟲虫、魚魚等古文，無一非象形即無一非畫，此蓋已具國畫之雛形矣。顏氏所謂『圖識字學』、『圖形繪畫』殆即此意耳。洎乎有虞氏女弟敤手作繪，既就彰施，仍深比象，而畫益明，故後世即以畫祖稱之，蓋至此吾國繪畫已正式產生，顯然與文字脫離而獨立一門焉。

國畫之分類

天地間萬物，可為國畫之題材無窮，以吾人有限精神而畫無窮之題材，恐力有所不逮，故古人常為分門別類，隨學者性之所好而習之，俾得各自成家。分科之法，以宋時為最備，劉道醇之《聖朝名畫評》，其分門有六：（一）人物、（二）山水林木、（三）畜獸、（四）花竹翎毛、（五）鬼神、（六）屋木。郭若虛《圖畫見聞誌》僅分四目：（一）人物、（二）山水、（三）花鳥、（四）雜畫。《宣和畫譜》則分十門：（一）道釋、（二）人物、（三）宮室、（四）番族、（五）龍魚、（六）山水、（七）畜獸、（八）花鳥、（九）墨竹、（十）蔬果（附藥品草蟲）。劉椿《畫繼》乃參酌前者，分為八類：（一）仙佛鬼神、（二）人物傳寫、（三）山水林石、（四）花竹翎毛、（五）畜獸蟲魚、（六）屋木舟車、（七）蔬果藥草、（八）小景雜畫。厥後因時代之風尚不同，其分科常有損益，至晚近則去繁就簡，歸納之僅分四大類：（一）人物，凡道釋鬼神等皆屬之。（二）山水，凡樹石宮室等皆屬之。（三）花卉，凡草蟲鱗介博古等皆屬之。（四）翎毛，凡飛禽走獸皆屬之。亦有以翎毛、花卉並為一類者，雖涵廣義，已可包舉眾稱，學者於此能奄眾長者為大家，專長一門者也不愧為名家。

以上所述，皆因題材而分類，其實照西畫之分類法，分靜物畫、動物畫、風景畫、人體畫四類，亦覺適用。此外，因吾國古代畫之體制與資料之不同，亦可作種種分類。從體制上分：例如六朝時宋陸探微之一筆畫，筆勢連綿，用晉王獻之一筆書之法為之。梁張僧繇之凹凸畫及沒骨畫，凹凸畫見於一乘寺，遠望如浮雕，近視為平面，仿佛用西畫之陰影法也；沒骨畫，純以青綠朱粉染暈，毫不用筆墨鉤勒，與五代時徐崇嗣之沒骨花頗異；二者皆傳自印度，張特變化出之。唐王洽之潑墨畫以墨潑、脚蹴、手抹，隨其揮掃濃淡，而成山、石、雲、水。晉顧愷之與唐吳道子之白描畫，顧用鐵綫描，吳用蘭葉描，皆為後世所宗。唐韋偃之點簇畫，亦稱點畫，以筆墨點簇鞍馬人物山水，曲盡其妙。宋尹白之墨花畫，蘇東坡稱其開後世以墨畫花之風氣。郭忠恕之界畫，所畫亭臺樓閣，皆用界尺作綫，甚合佳匠之規矩。漢晉以來之傳神畫，即今之肖像畫，分白描彩繪二派，亦有用界畫之法出之。唐宋以來之鈎勒畫，南唐李後主畫竹，全用鈎勒，謂之鐵鈎鎖，又因其作顫筆屈曲狀，謂之金錯刀，後之鈎勒派實宗之，宋代尤盛行。清高其佩之指頭畫，其法以指頭蘸墨為之，描綫之剛健轉折及斷續處，却別有風格，後之能者頗多。又從資料上分：則有漆畫、油畫、壁畫等等，漆畫始於晉之畫輪車，宋徽宗畫翎毛，亦以生漆點睛，此對工藝上之應用頗廣，日本以漆畫為浮世繪之一種，實取法於吾國，其法以粉質彩色調入漆中塗之。油畫亦始於晉，其法與漆畫略同，即以礦物顏料和入乾性油中以硬性毛筆畫成之，今為西畫中最重要者。壁畫在吾國創始甚古，黃帝圖神荼鬱壘於門即開端倪；周於明堂四墉圖堯舜之容、桀紂之像，已正式作畫於壁間矣；此後如漢之承明殿甘泉宮、麒麟閣等皆有壁畫，至魏晉而迄宋，因佛教與道教之勢力膨脹，壁畫尤盛，今在民間住宅及廟宇中雖尚有見者，已不足道，且都出於匠人之手。上述三種，今極為國外所推尚，不知吾國發明更早，只以卷軸畫盛行以後，皆目為畫之別體不足學也。

國畫之派別

畫之派別甚繁，以言人物：則有『曹衣出水』、『吳帶當風』之稱，曰曹吳體。所謂曹吳其人，唐張彥遠則謂：北齊曹仲達唐吳道子是也。後蜀僧仁顯又以為三國曹不興六朝吳暕是也。按郭熙《圖畫見聞誌》所載，當以前說為是。以言山水：則援佛教南北宗之例，至唐亦分南北二宗，北宗為李思訓以着色山水著稱，鈎筆主剛，金碧輝映，自成一家，可謂之金碧畫，唐宋畫院皆宗之。南宗則為王維，運筆主柔，水墨渲染，別開生面，即稱水墨畫，後之文人畫皆宗之。以言花鳥：至五代時，則有黃徐體，後蜀黃筌及其子居後等創鈎勒法；南唐徐熙及其孫崇嗣等，創沒骨法，時人皆稱黃家富貴，徐家野逸，此二人之風格，概可想見矣；如依山水畫分宗之例，則黃筌可稱花鳥畫之北宗，徐熙可謂南宗，後之習者，或主沒骨漬染，以清淡取勝；或主鈎勒填彩，以濃艷見長；或作鈎花點葉，治徐黃二家為一爐，出入變化，皆承其餘緒耳。此外，亦有因名畫家之所在地以名其派者：如山水畫中明戴進等之浙派，沈同等之吳派，清王翬之虞山派，王原祁之婁東派，龔賢之金陵派，釋弘仁之新安派，蕭雲從之姑熟派，羅牧之江西派；又如花鳥畫中清惲壽平之稱常州派，以及揚州八怪等，（八怪傳說不同，普通則以杭州金農、揚州羅聘、興化鄭燮、江西閔貞、休寧汪士慎、膠州高鳳翰、閩人黃慎、興化李鱓為八畫家。）皆因肄籍或僑寓而得名。近復因作畫用筆有粗細繁簡之不同，或傳形與傳神之區別，不論其為人物為山水為花鳥，皆可分為工筆與寫意二大派。此亦為研究畫理者應有之常識，故略及之，欲知其詳，當細讀畫史，非本編範圍以內之事也。

國畫之地位

考世界繪畫之統系有二：一曰西洋畫系，締造於意大利半島，傳布於全歐，近復旁及於美洲並亞陸。一曰東方畫系，策源於中國本部，寖染西亞印度，沿朝鮮而流行於日本，故意大利為西畫之母邦，而中國實為東畫之祖地，此吾國繪畫在世界美術史上之地位也。又吾國自有畫以來，已有四千餘年光榮之歷史，言其功用：唐虞繪宗彝畫衣冠，周代服、冕、旌、旂、門、壁諸類，無不飾以繪畫，用別上下之序，垂興廢之誡，歷秦而漢，寫於諸侯宮室，圖畫烈士於麒麟閣，往往以畫助政教；魏晉六朝以道釋畫為中心，作宗教上宣傳之工具，典籍所載，早已認為黼黻皇猷，彌綸治具。唐宋以還盛以自由思想為中心，闡發玄理為極致，其意境之高超，筆墨之深遠，尤為西洋人所夢想不及！故吾國畫跡，為歐西政府所購藏者莫不珍逾拱璧；近復以在國外常有中國畫展覽會之舉行，歐西人士之注意東方藝術者，更明白中國畫之意義與價值，爭相欣賞之；並悟崇拜現實之不足以盡畫之長，影響所及，西畫作風亦漸為之轉移，自法國後期印象派以後，重靈感而忽視形相，大有傾向我國作風之趨勢，此吾國繪畫在技術本身上之地位也。深望舉國上下竭力提倡，將固有之國粹畫，發揮而光大之，則將來之國畫地位，當更有非意料所及者。

國畫之六要

繪畫之事，首貴立品，其次立意，又其次為理、為法、為氣、為趣，法僅是一種技巧耳。品，品詣也，蘊諸胸次為性情，為學養，發於筆墨為格調、為神韻，此在心領，難以言傳，國畫所最重視之處端在於是。意，則重在想像，即在未落筆時，凝神注思，對於題材布置及設色等，心目中皆須擬一預定之計劃。理，物理也，以作者之心靈與自然之原理相感和而切合於物之真美。氣，氣機也，於筆墨間表示物體內在之生命與全局之精神。趣，風趣也，筆情墨意，皆生動有致，盡變窮奇，直入化境。法，法度也，用古人之規矩，或憑自身之經驗，作種種表現之訣竅，以達意到筆隨之妙。總之，意定理明，而後法度生，理法備而後造化在心，心手相應，則氣也趣也亦躍然於楮上矣。然氣之清濁，趣之雅俗，皆有關於人品之高下，人品不高則利慾薰心，性與塵交，心為物蔽，雖刻意工巧，有物趣而乏天趣，其為氣也非輕而薄，亦必粗而濁。故畫以德成為上，藝成為下，必其人品高潔，誠摯，而後其畫始能沉着，古厚有幽情，所謂畫以人傳也；不然，矯揉造作，自欺欺人，始終缺乏真實性之表現，烏乎可！學者自當以立品為先，品立則意遠氣清，風趣自足，所謂理法亦不難遷想妙得之。茲就古人論畫之關於立品立意及理、法、氣、趣六者，略加引證以資參究。

宋郭若虛謂：『人品既高矣，氣韻不得不高。』鄭剛中直言：『畫工之筆，終無神觀。』明文徵老自題其米山云：『人品不高，用墨無法。』李日華論之曰：『點墨落紙，大非細事，必須胸中廓然無一物，然後烟雲秀色，與天地生生之氣，自然湊泊筆下，幻出奇詭；若是營營世念，澡雪未盡，即日對丘壑，日模妙跡，到頭只與頹采圬墁之工，爭巧拙於毫釐也。』清王東莊謂：『學者先貴立品，立品之人，筆墨外自有一種正大光明之概；否則畫雖可觀却有一種不正之氣隱躍毫端，文如其人，畫亦有然。』張浦山論《性情篇》中略謂：『心畫形，而人之邪正分也；即以元諸家論之，大布為人坦易而灑落，故其畫平淡而沖濡，在諸家最醇；梅花道人孤高而清介，故其畫危聳而英俊；倪雲林一味絕俗，故其畫蕭遠峭逸刊盡雕華；若王叔明未免貪榮附熱，故其畫近於躁；趙文敏大節不惜，故書畫皆嫵媚而帶俗氣；若幼文之廉潔雅尚，陸天游方方壺之超然物外，宜其超脫絕塵，不囿於畦畛也。』又論品格云：『今之論士夫氣者，惟此乾筆儉墨當之，一見設重色者，即目之為畫匠，此皆強作解事；蓋品格之高下，不在乎跡，在乎意，知其意者，雖青綠泥金亦未可儕之於院體，況可目之為匠耶！不知其意，則雖出倪入黃，猶然俗品；意猶作文者當求古人立言之旨。』此皆立品之說也。

意在筆先，為作畫第一要訣，古人所謂胸具丘壑，胸有成竹，丘壑也，竹也皆意之云耳。唐杜甫《題王宰山水歌》云：『十日畫一水，五日畫一石。』豈真畫一水一石須用十日五日功夫哉！蓋言畫時意匠經營之苦。清郎芝田云：『畫丘壑位置俱要從肺腑中自然流出，則筆墨間自有神味也，若為應酬起見，終日搦管，但求蹊徑，而不參以心思，不過是土木形骸耳。』方蘭士謂：『作畫必先立意，以定位置，意奇則奇，意高則高，意遠則遠，意深則深，意古則古，庸則庸，俗則俗矣。』又沈宗騫謂：『凡作一圖，若不先定主見，漫為填補，東添西湊，使一局物色各不相顧，最是大病。』此皆立意之說也。

理有形上之理，意中之理，重形者尚真，會意者主神，前賢論畫之理，皆不外此。宋東坡論畫以為『人禽宮室器用，皆有常形，至於山石竹木水波烟雲，雖無常形，而有常理，常理之失，雖曉畫者有不知，故凡可以欺世而取名者，必託於無常形者也；雖然，常形之失，止於所失，而不能病其全，若常理之不當，則舉廢之矣！』是以其理不可不講也。沈括曰：『書畫之妙，當以神會，難可以形器求也；世之觀畫者，多能指摘其間形象位置色彩瑕疵而已，至於與奧理冥造者，罕見其人。』張懷謂：『惟畫造其理者，能因性之自然，究物之微妙，心會神融，默契動靜，於一毫投乎萬象，則形質動蕩，氣韻飄然矣；故昧於理者，心為緒使，性為物遷，汩於塵坌，擾於利役，徒為筆墨所使耳，安足以語天地之真哉。』明唐忠恣契《繪事微言》所載亦謂：『作畫只要理明為主，若理不明，縱使墨色淹潤，筆法遒勁，終不能可法可傳。』並引郭河陽語曰：『有人悟得丹青理，專向茅茨畫山水。』意即一切物理，須從自然中以窺其妙。此皆理之說也。

各種畫法，古人言之詳矣。清王概所編《芥子園畫譜》，條分類析，尤宜初學；石濤謂：『至人無法，非無法也，無法而法，乃為至法。』王概亦云：『或貴有法，或貴無法，無法非也，終於有法亦非也，惟先矩度森嚴，而後超神盡變，有法之機，歸於無法。』方薰士謂：『畫之為法，法不在人，拙而自然，便是巧處；巧失自然，却是拙處。』又謂：『畫法須辨得高下，高下之際，得失在焉，甜熟不是自然，佻巧不是工緻，鹵莽不是蒼老，拙惡不是高古，醜怪不是神奇。』此皆法之說也。

畫重氣機，自古為然，氣機不得，則為死畫。五代荆浩論畫之六要，以氣為第一，曰：『氣者，心隨筆使，取象不惑。』蓋言作畫，興之所至一氣呵成乃佳。東坡謂：『觀士人畫如閱天下馬，取其意氣所到。』倪雲林謂：『余之竹，聊以寫胸中逸氣耳。』此皆以畫須形似之外求之。清沈宗騫謂：『凡下筆當以氣為主，氣到便是力到，下筆便若筆中有物，所謂下筆有神者此也。』昔人謂『筆力能扛鼎』，言其氣之沉着也。張浦山則謂：『氣有發於墨者，有發於筆者，有發於意者，有發於無意者。發於無意者為上，發於意者次之，發於筆者又次之，發於墨者下矣。』前者言氣力，後者言氣味，皆氣之說也。

趣則風流瀟灑，妙造自然，乃於畫成後見之。明唐六如謂：『凡畫氣韻本乎游心，神采生於用筆，意在筆先，筆盡意足，雖不能盡夫賞閱之精，而工拙亦可略見，或有高人勝士，寄興寓情，當求諸筆墨之外，方為得趣。』又屠隆《畫箋》所云：『意趣具於筆前，故畫成神足，莊重嚴律，不求工巧而自多妙處，後人刻意工巧，有物趣而乏天趣。』此皆趣之說也。

論臨摹

智者創物，能者述焉。人為富於創造性之動物，亦為富於模倣性之動物，常以生活所需，或因心之所愛，見必思有以倣效之。初民作畫，依自然之發展，取形會意，只能作之綫條，以資實用。後來風氣漸開，技藝乃進；秦漢以還，版圖擴大，受域外之影響，應時勢之要求，佛教畫盛行中土。秦代工匠之畫，無足記述；漢明帝時，得天竺優填王所作釋迦像，即命畫工照樣圖於清涼臺及顯節陵上，惜其名不傳；至魏晉，則名畫家甚多，如吳曹不興以善畫大規模之人物著於世，曾見印度僧人康僧會攜來行教之佛像，皆一一摹寫之。此後衛協師不興，顧愷之師衛協；愷之尤為當時傑出人才，為世楷模。至南齊謝赫，更以傳移摹寫，列為六法之一，於是臨摹之風乃大盛。千百年來，各家衣鉢相傳，或師承，或模古，臨摹一法，即取為學畫捷徑。然歷來臨摹之主張，並非死守舊本，須從規矩入，仍須從規矩出，以學古脫古，而得自家面目為貴，此亦由於人之富於創造性故耳。

臨摹雖屬畫家末事，亦為初學所不可廢，正如嬰孩之學行，必先學步也。臨與摹不同，臨則置範本於旁，觀其形勢，倣其筆墨而學之；摹以薄紙覆於原稿上，隨其筆痕而描之。臨摹之目的，不在酷肖其跡象，而在探究古人筆墨之運用，結構之虛實，神理之變化，及其淵源派別，用為入手之法門，以開創作之大道，即君子惟借古以開今之意也。清王麓臺謂：『畫不師古，如夜行無燭，便無入路。』沈宗騫亦云：『若恃己之聰明，欲於古人法外另闢一徑，鮮有不入魔道者，切宜忌之。』足見初學者，當以臨摹古人為先；但臨得勢，摹得形，臨固可從，摹當切戒！宋岳珂論書法云：『摹帖如梓人作室，梁櫨榱桷，雖具準繩，而締創既成，氣象自有工拙；臨帖如雙鵠並翔，青天浮雲，浩蕩萬里，各隨所至而息。』學書猶不宜摹，何況學畫乎？清張浦山論畫謂：『法固要取於古人，然所資者，不可不求諸活潑潑地。』信然！

臨畫亦大非易事，學者當知其門徑之所在，而後能升堂入室，自出機杼。其法不外四端：一曰擇，二曰讀，三曰熟，四曰變。

擇，擇稿也。稿有真跡與畫譜二種。古人真跡，每多贋品，時人畫之有聲譽者，偽亦不免，此皆射利者之所為，贋而亂真，雖神韻不及原作，其筆墨與局勢，亦未始不足取法；贋而涉俗，則斷不可臨。時人所作，真者尚難愜意，偽者更勿論！故擇稿時，須辨真贋，不可以其皮相彷彿某家，即認為真跡；亦不可但求好看，好看往往甜俗，恐有影響於學者；取法乎上，僅得乎中，取法乎下，則更下矣，不可不慎；且師學捨短，臨真跡亦須擇善而從，其有不近情理處，僅可改變，亦不必以其偶有疏忽而抹煞一切也。又初學不宜好高騖遠，應先從派別之平正者入手，而後再求諸蒼莽雄奇一途。

讀，讀畫也。朱子謂：『讀書多遍，其義自見。』余謂畫亦應作書讀，方能見其精意所在，於我有出一頭地處。凡欲臨某名手精品，斷不可急於下筆，隨意苟簡，必先對之詳審細玩下一番靜觀工夫，始則視其格調若何？布置若何？層次若何？筆墨若何？並其最精彩處何在？從有筆墨處求其法度，無筆墨處悟其神理，更從神理中求法度，法度中悟神理；繼則察其為何家所生？何家所變？分以知其流，合以知其源，如是則古人稿本盡在我心目中，我之感情亦彷彿盡移於古人稿本上，古人之畫已成我之畫矣，畫中之景已成大塊中之景矣，然後乘興下筆，自能造其妙藝，得其精華，古人為我用，而我不為古人役矣。故臨畫須先讀畫。

熟，純熟也。臨畫之始，必覺滿紙牽強，心手不能相應，或畫虎類犬，或貌似神非；苟能多臨多記，下筆自然純熟，雖背臨亦可處處合拍，久必相生相發，幽深平遠，無不如志，筆筆從古人得來，亦筆筆是自家寫出；古人所謂換骨之法，師意不師跡之妙，何一非從熟後得之！然熟須由專而博，更須由絕似而不似為要；專則不雜，易於入門；博則集其大成，可知古人之變；專而不博，則局於一家，非但蹈襲，且多習氣。清方蘭士謂：『始入手須專宗一家，得之心而應之手，然後泛濫諸家，以資我用。』此即須專而後博之意。絕似求其形，不似求其神，由絕似而不似則知以古人之規矩，侔造化之工，而運我之心靈，雖曰法某倣某，實已有我矣；明沈灝謂：『臨摹古人，不在對臨，而在神會，目意所結，一塵不入，似而不似，不似而似，不容思議。』足見學古人，非在全肖其跡，此種境界亦惟純熟後能做到。

變，化境也。即超以象外，不為法囿之意。凡學畫成熟後，則在有變。有變則有我，有我則神而明之，可以自成一家，可以傳之久遠而不朽；不然墨守成法，崇拜偶像，便入古人牢獄，縱極盡逼肖能事，亦不過食古人之殘羹而已，其畫亦奴畫而已，於我何有焉！此誠不如師心自創，以求自我作古為愈也；故變，為臨摹純熟後最重要之目的，學古人之變，必須能成自己之變，始不負臨摹之初心，始可以言畫。歷來畫家之有識者，莫不主此以詔後學，亦莫不以善變為世所宗。宋米元章借真還摹，人莫能辨，臨畫功夫可謂至矣！然其山水學董源，却不似董源，因感古今相師少有出塵格，乃用王洽潑墨法，參以破墨、漬墨、焦墨，信筆點寫，滿紙淋漓，雲烟變滅，與其子友仁，共開米氏雲山一派；元四大家，雖皆宗董巨，而子久之蒼渾，雲林之澹寂，仲圭之淵勁，叔明之深秀，出入變化，亦能各極其致，自成一家法，此皆學古而曲引旁通，深知其變者之例耳。明董其昌謂：『學古人不能變，便是籬堵間物。』清石濤謂：『我之為我自有我在，古之鬚眉，不能生在我之面目；古之肺腑，不能安入我之腹腸。我自發我之肺腑，揭我之鬚眉，故有時觸着某家，是某家就我也，非我故為某家也，天然授之也，我於古何師而不化之有？』此皆力主自我表現，以救倣古之偏疾，實為以自出新意為謬種流傳者之良言。

總而論之，凡事有利必有弊。刻意臨古，固易犯蹈襲之病，有礙自我發展，失去藝術之意義與價值；然絕不許臨摹，一入手即從事寫生與創作，恐流弊更甚！蓋吾國繪畫，注重修養工夫，人格表現；所謂品也、意也、氣也、趣也、理也、法也，無不論筆墨以發之。筆墨之間，實具無限蘊蓄。古人之用心在此，中國畫之妙處及獨特處亦在此。學者苟於筆墨之意味與使用，毫不加以研習，則表現之技能全虧，何能寫生？更何能創作？即能之亦必為下劣之工匠畫，何能耐人尋味？此外，如畫面上之佈局設色等，亦甚重要，必須對名作廣議博考後，始可明瞭作畫賓主虛實之道，雅俗之分。不然，成何畫耶？學文必先揣摩傳作，研究字句，學古有獲，而後能敍事抒情，學畫正復相同。況臨摹之事，有藝術天才者，自能變化出之；絕無天才者，即不臨摹，亦難望有多大成就，豈可因泥古之流弊，即舉廢之耶！

論寫生

寫生以自然為師，臨摹以範本為師。師自然，師範本，實皆模倣也。不過寫生為直接之模倣，臨摹為間接之模倣耳。寫生資料較多，體認較真，變化亦較自由，確為學畫過程上必需之研究。吾國書畫同源，書之始即畫之始。而寫生尤為畫法之最早者。良由先民作畫，根本無範本可臨，不得不以自然之景物為唯一之對象；考古時象形文字，或作日月星辰之形，或取山川蟲魚鳥獸龜龍之跡，似皆從寫生得來；且以物形無常，同一字可作多種寫法，例如：龜字正作□，側作□，伏作□，行作□；燕字亦然，上飛作□，下飛作□，鳴而斜飛作□，鳴而正飛作□；類此者，不用枚舉。觀其形，仿佛兒童畫之簡筆速寫，直謂之寫生畫可也。據《通鑑外紀》所載，黃帝作衣冠，視翬翟草木之華，染五色為文章，足證當時用色，亦知以自然為師矣。周秦間齊客論畫謂：『狗馬人所知，旦暮於前，不可類，故最難；鬼魅無形，無形者不可觀，故最易。』其難易之分，又為寫生見於畫理之先聲。至於歷來畫家長於寫生者，其例甚多：如周之魯班，秦之巧者，漢之張衡，皆能以脚畫怪神，果有其事，亦神乎其技！毛延壽畫人形，醜好老少，盡得其真。王羲之能對鏡作自畫像，顧愷之為竹林七賢畫像，點睛欲語，為裴楷畫像頰上加三毫神彩更勝。謝赫寫貌，能一覽便與真相無差；唐以來王維畫孟浩然像，朱抱一寫張果先生真，李放寫香山居士真，何充寫東坡居士真，張大同寫山谷老人真，此皆以寫真稱者。此外，以山水、動物、花卉取法於寫生者，亦大有人在：如曹不興點蠅如生；韓幹畫馬以廄馬為師；邊鸞寫孔雀得婆娑態；滕昌佑栽花竹，畜禽魚，以觀動靜；徐黃花鳥取園中情狀；趙昌游必以畫具自隨自號寫生專家。易元吉入山寫猿鹿之形態；董源寫江南真景；黃子久居富春寫富春，隱虞山寫虞山；周之冕畜禽鳥，狀其飲啄飛止；惲壽平斟酌古今，開寫生正派。明清間先後受意大利人利瑪竇、郎世寧等來華布教之影響，參用西法寫生之風，尤盛極一時。吾國畫家曾波臣、焦秉貞輩，皆以學西法寫真而享大名，從者甚衆。

觀此，可知吾國寫生之法，由來已久；寫生好手，代有其人。所謂傳神、寫照、寫真等，雖指人物畫而言，亦皆為寫生之一種；今之究西畫者，倡言寫生，一若此法為吾國所無，謬矣！惟吾國寫生與西法頗異：吾國繪畫自內心出發，重神韻，尚筆墨，在平面中蘊蓄無盡，富於一種潛在之神秘感。故寫生多傾向於主觀，外師造化，中得心源，以見其人與物二者間自然性靈之表現，非斤斤於形相與色相之追求，有時反以落形相與色相為淺薄之俗工，有失畫之意趣；至陰影法與透視法，更不甚注意，雖亦分陰陽遠近，其目的並不在物體凹凸與比例之真確，但求會心而已。殆以真景不足以饜吾人求美心之要求，故特化工出之。若必以絕似為佳，用照相機可也，何用畫為？近代英國唯美派詩人王爾德（OscarWilde）曾言：東方藝術不在逼肖自然與諂媚人類，故能不陷於大多數歐州藝術之平庸粗俗，可謂真能了解吾國之藝術矣。簡言之，吾國寫生，寫其生機，輕形似而重神似，實寫生之更進一層，非若西法之尚留戀於客觀描寫，竭力發揮物之立體感覺及其外鑠之印象美，一切受自然支配也。然此種不同之處，似可不必捨己從人，或強人以從我，因各有其觀點與立場：中國重文藝，素以精神文明著於世；西洋重科學，久以物質文明相誇張。中國人與西洋人各有其生活之反映，各有其民族之特性，故西畫自有其西畫之藝術價值與風格，中畫自有其中畫之藝術價值與風格。吾國藝術，自漢以來，屢因受域外之灌溉而特別發榮滋長，繪畫尤顯著，在歷史上早經證實，吾人正不妨在式樣與方法上，採其所長，補我之短，只要能化其跡耳。清張浦山以採用西法為非雅賞，好古者所不取；鄒一桂評西畫為筆墨全無，雖工亦匠，不入畫品，言雖有理未免近於固執也。

余謂，國畫因囿於範本及隨意想像之故，有時亦頗多缺點：常見不少作家，對於筆墨之運用，固有甚精煉者，然其畫中題材與佈局，往往大同小異，不脫常套或搬前換後，出於一律，殊覺臭腐而多習氣；亦有毫不顧真理，違反自然者，如人高於屋，頭大於身，石浮水面，帆不順風，花木不依四時，水陸不辨來去；畫宿鳥而舉其尾，畫麋鹿而粗其脚，類此之病，雖僅限於物之形態及常理之疏忽，亦甚易受人譏評；故學者切勿以國畫重主觀為號召，遺却客體，或陳陳相因，不求變化。清鄒小山謂：『形之不全，神將焉附。』唐岱謂：『筆墨要舊，境界要新。』余謂：『欲全其形，欲新其境界，非從寫生下工夫不可。』由臨摹得到一些筆墨上之經驗與神韻上之領會以後，便當從事實地寫作，以明理境。久之，小則於一草一木一邱一壑之形態，大則於人生之意義，自然之變化，皆可了然於胸中，由此即景生情，即情造景，漸入創作而達化境不難矣。

寫生之學，應物象形，隨類傳彩，在六法中已定原則。寫生之妙，周天球謂：『在得化工之巧，具生意之全，不計纖拙形似。』此又言及進一步之原理矣；近人陳衡恪謂：『西人之畫，目中之畫也，中國人之畫，意中之畫也，先入於目而會於意，發於意而現於目，因具體而得其抽象，因抽象而完其具體，此其所以妙也。』此言形神合一之理，能知此，則寫生之學理已備。今余更從實際言之，寫生為最重要者，不外構圖與設色二種：構圖當刪其繁而得其要，避其平庸而取其有別致，初學應先用冊頁作各種分部練習，而後漸及全景，作大幅之配合練習；設色、應先學白描，淺絳、水墨諸法，再作複色渲染，但亦須化自然之冗雜為單純，去塵俗之火氣為沉靜，方不失韻味；至光綫與透視，當略以陰陽遠近之道悟之，決不可如西法之分析較量，落於匠氣。欲知構圖何者為要？何者為有別致？設色如何是純？如何是靜？且如何可得陰陽遠近之道？此須憑藝術素養、審美眼光而定標準也；故學者除多看古今名作外，還須多讀書，多游覽以助之。寫生之事，豈僅在跡象中用功夫耶！

寫生之法，昔人常置描筆及稿本於皮袋中，如覓句之用奚囊也，遇佳景與情趣有合者：如山水之奇、樹石之怪，舟車之往來，雲烟之變滅，便模寫記之，作為初稿，此正與速寫相倣。曾習西畫者，自較方便，今藝術學校中，有將西畫寫生箱，裝以活動顏色盆，移作國畫郊外寫生之用，亦頗相宜，有此工具，畫小幅時，正可對景落墨填彩，免得攜歸重畫，對於花卉翎毛，最好在學校及家庭中，皆有動植物之園圃，以資朝夕觀摩，隨時傳寫。

古人寫生，亦有取日月燈鏡四影者，每於秋冬木葉盡脫時，或游園林，或登名山，偶見地上或牆上，有日月光照竹木之影，如天開圖畫，便取其影，抽毫圖之，自是一樂！此言日影與月影也。燈影者，先以白紙粘於壁上，移燈對紙，然后置折技花或盆花於燈前，其影即照於壁紙上，以手移花，取章法最佳者，依影鈎出，再與真者相較，分其枝之前後，花葉之反正偃仰，則得之矣。鏡影者，以折枝花對鏡看影描之。足見古人作畫，隨處用心也。就余經驗所得，四影中，燈影較便，以梅竹取影更好；如燃二燈於前，其影可分濃淡二重，二燈相離稍遠，影之濃淡亦更明顯，絕似一幅水墨畫，頗多意趣，惟燈多影亂，亦非所宜；鏡影只合於作自畫像，餘無足取。總之，取影法，皆非寫生正軌，學者只可偶一為之。

最后須一言者，國畫寫生，着重在各種形態之變化，構圖之生發不已，確足醫臨摹徒竊紙上形似之病，濟創造憑空結想之窮，為求國畫新發展之大道；若必事事寫生，將吾國數千年來精神所寄之筆墨與氣韻，一概廢而不講，則何以修養身心，提高品格？盡其所至，亦即世寧之流亞也，吾未敢從。

論用筆

吾國繪畫之精神，第一在求筆墨之高超。筆動為陽，墨靜為陰；陽以筆取氣，陰以墨生彩，筆墨之間，實具自然陰陽之秘奧；天地有陰陽，而後萬物生，繪畫有筆墨，而後形質備。顧造物之形形色色，變化萬千，欲求其象，必在於形似，形似須全其骨氣，骨氣形似皆本於立意，而歸於用筆。故用筆尤為治畫先急之務，古人以畫傳者，莫不於此兢兢三致意焉！畫中神品逸品能品之分，亦大半以此為斷。

說者謂：西畫側重於陰影，國畫側重於綫條，誠以中國書畫同源，繪畫之用綫與書法之用筆相近。衛《夫人筆陣圖》云：『一如千里陣雲，丶如高峰墜石，丿如陸斷犀象，乀如百鈞弩發，丨如萬歲枯藤，乀如崩浪雷奔，𠃌如勁弩筋節。』觀此則知書家用筆，別有會心，雖一點一拂皆含畫意；古來善書者往往善畫；善畫者亦大都善書。晉王獻之能為一筆書，宋陸探微亦能為一筆畫，實因其轉腕用筆之無二理也。元趙孟頫題畫詩云：『石如飛白木如籀，寫竹還應八法通。』明董其昌《畫旨》曰：『士人作畫當以草隸奇字之法為之。』清王耕烟有人問以如何是士大夫畫？曰：『只一寫字盡之。』由是更可知學畫者，還當時時學書，以練其用筆。

用筆之道，務去罷軟，而尚挺拔，除銳滯而貴松雋，絕浮滑而致沉着；譬如畫一綫，未落筆時應如飛鳥投林，憑空作勢，既落筆，則如雲程發軔，從容而有力，中間部份，尤須挺腕力行，氣不可斷，收筆處更應藏鋒得勢，不可輕佻。作畫能如是下工夫，自然筆到意隨，動合法度。否則筆着紙上，力輕則浮，力重則鈍，疾運則滑，徐運則滯，偏用則薄，正用則板，曲行則若鋸齒，直行又近界畫，諸病叢生矣。筆既不靈，以求象物，縱得形似而神韻索然。

學畫欲求筆力精到，尤須明白使筆利弊所在。其執筆也：有臂力、腕力、指力之分，能用臂力腕力，自然道勁超脫活而能轉。作小幅，不難鱗游波使，妙品偶得之；作巨幀，亦覺神閑氣盛，收放自如，此正所謂提得筆起也。若專以指頭挑剔，則浮薄佈弱，欲行而筆拘，欲止而氣喪，如村女描花樣，總不免惡賴習氣。雖細小部份，間亦用之，亦為大家所不取，故執筆要懸肘平腕，指死腕活，指實掌空。

其運筆也，有正鋒側鋒之別：正鋒即中鋒之謂，用力於筆尖豎直之鋒鋩，落筆如錐畫沙，如印印泥，如金剛杵，自然筆筆圓渾，力透紙背。圓斯氣裕，渾則神全，何來『釘頭』、『鼠尾』、『鶴膝』、『蜂腰』之誚？學者貴取法乎上，安可不用力於中鋒耶？昔人論畫常謂作畫用圓筆，方能深造，因四面皆圓厚也，旨哉斯言！側鋒乃偏鋒之謂，雖亦利用筆尖之鋒鋩，而着力已略及筆頭之邊部，故落筆往往方扁而軟弱，近於佻巧。然善學者，正側互用，尚不失側中寓正之意。如倪高士、黃大布俱用側鋒，各有家數，未可厚非；惟側鋒之極，用力在毫末，純以扁筆取勢，或刻、或偏、或拖、或臥，雖易於生姿，而江湖氣重，古意全無，為學者所當深戒耳。

其取勢也，又有順筆逆筆之異，要取逆勢，不可順拖。順拖雖輕而流利，易於着筆，但最易犯直率平滑之病，既無生氣，又見稚弱，為作畫之所忌。須知郢匠運斤，有成風之妙者，不外乎能取逆勢也。筆取逆勢，則蒼莽古拙，筆盡氣含，雖直筆而自見橫紋。故勢欲左行者，必先用意於右；勢欲右行者，必先用意於左；或上者勢欲下垂，或下者勢欲上聳，俱不可從本位直往。古人用筆，往往有筆不應此處起而起者，有筆應先而反後者，其畫多別致，有餘意，亦有應用順筆而以逆筆出之者，而奇崛非常，此皆能取逆勢，而行變化之妙。

現代黃賓虹先生，揭出用筆要旨：曰平、曰留、曰圓、曰重、曰變，誠言簡而意賅，得用筆三昧。蓋天下至平莫如水，水遇風則不平矣，此即平中仍須有波折也。留則如屋漏痕，積點成綫，無往不復，無垂不縮，有含蓄不盡之意。圓則如折釵股，筆筆須從中鋒寫出。重則如高山墜石，下筆自然沉着。變則如四時迭運。除平留圓重四字外，尤須能神而明之，庶不為法所拘，筆為我用也。

又古人治畫，有喜用濕筆者，有喜用乾筆者，用濕筆則鋒鋩為墨花所掩，易流於薄而爛；用乾筆則蒼莽中有筋骨氣，易於見厚而松；故自元代始，用筆大都尚乾去濕，然此不過時代之風尚使然。苟善用之，濕筆何嘗無淋漓秀潤之致；不善用之，乾筆太過時，亦易蹈浮而不着、澀而無韻之病。學者勿失之拘泥，自應以乾濕互用為當。

要之，用筆之妙，宜避繁就簡，實處求虛；細筆而能凝煉，粗筆而無霸氣；尤貴熟後能生，工外求拙。如是雅俗自判，而運筆亦不難入化境矣。

此外如王麓臺所云：『山水用筆須毛。』張浦山云：『毛則氣古而味厚。』錢野堂云：『毛須發於骨髓，非可以貌襲也。』毛之一字，實為避免光滑之秘，亦為寫意用筆所當知。

又郭熙《畫訓》所載：『用筆八法：淡墨重疊，旋旋而取之，使畫得加深厚，曰斡。以銳筆橫臥，焦墨綏着於紙上，曰皴。畫成後，以水墨作擦法，再三而淋之，曰渲。又沁水墨混而澤之，曰刷。帶水和墨，筆頭直往指之，曰鴿。以筆頭用力特下而指之，曰擢。待略乾後以筆端醮墨直注之，曰點。以筆作拖勢引而長之，曰畫。』此八法為古今畫者所本，故錄之，並釋其意以作參考。

總上所言，於用筆之道已可得其梗概。但筆之操縱雖在手，而雅俗實發於心。古人作畫，意在筆先，心使之而腕運之，故下筆有神，無一筆不從心坎中流出，自能筆為我用，而筆筆有我也。是以學者，欲言用筆，尤須注意文學詩書金石的修養之功，以求深造焉。

論用墨

論畫重筆墨，不重跡象，實為吾國繪畫上之特點。然筆墨二字，人多不曉；至於墨，則解者尤鮮。古代畫家，稱善丹青，或以彩染，或以油繪，初未聞有專於用墨者，用之蓋自六朝始。梁元帝撰《山水松石格》云：『信筆妙而墨精。』又曰：『上墨猶綠，下墨猶赬。』此明明言墨，所謂猶綠猶赬，乃以彩色比墨色耳。至唐玄宗創作墨竹；王右丞謂畫道之中，水墨為上；五代荊浩謂隨類賦彩，自古有能，水暈墨章，興乎唐代；張璪樹石不貴五彩，曠古絕今；李將軍雖巧而華，大虧墨彩；項容用墨，獨得玄門；吳道子用筆無墨為恨。洎乎兩宋，繪畫益趨文學化，墨法之用愈明：李成惜墨如金，與唐代王洽潑墨瀋成畫，各臻其妙；蘇東坡、文與可及米家父子等，尤以用墨見長；此後畫風大有偏重文人畫，貶色彩而尚水墨之傾向。蓋以墨最足抒發文人之幽思與高尚之品格也。

墨色變化，其妙無窮，欲得箇中神理，全在學者之善為運用耳。古人於用墨之法，未嘗不鮮為論及，惟恐其畫成，失之平板，乃於墨色之中，分為六彩。六彩即黑、白、乾、濕、濃、淡是也。黑白不分，是無陰陽明暗；乾濕不備，是無蒼翠秀潤；濃淡不辨，是無凹凸遠近，六者不可缺一。然五墨之說，獨不言白，但取其乾、黑、濃、淡、濕而已。蓋絹素本白，加墨於其上，白自在五墨之中。清華琳《南宗抉秘》獨著駁議，併黑與濃，以及濃淡與濕，亦發生疑，似不知黑與白對，指陰陽向背整個之分析；濃與淡對，指用墨局部之變化，即一筆之中有時亦須分出濃淡。至於濃淡，不過墨色之深淺云爾，濕則含水淋漓，墨化筆外，當各顯然有別。其駁議似未能細心體會，未敢附和。

前人於用墨之法，各有其宜。顧筆從墨出，墨因筆現，筆不到處安得有墨？筆墨二字，實互為表裏。筆之濃淡清濁，固在乎墨；墨之乾濕厚薄，實繫於筆。古人論畫，以有輪廓而少皴染，為骨勝於肉，即謂之有筆無墨；有皴染而輪廓過淡，為肉勝於骨，即謂之有墨無筆。此殆以筆立其形質，以墨分其陰陽，筆為墨之筋骨，墨為筆之肌肉耳。其言固有至理，然輪廓與皴染，苟畫之未得其當，雖二者皆備，仍不得謂有筆有墨也。故筆墨二字，頗難分開，古人所謂點、染、皴、擦四者，雖言用墨，亦有關於用筆。要之，筆不礙墨，墨不礙筆，筆與墨會，而後能相生相發，即一筆之中，亦須使墨之乾濕濃淡各得其宜，畫成自然有筆有墨。惟乾以求骨，太乾則蹊徑顯露而失渾成，便無墨矣。濕以取潤，太濕則斧鑿無痕，而多臃腫，便無筆矣。濃固醒目，太濃則一片黑氣，易失之濁；淡有丰韻，太淡則模糊難辨，易失之薄。過猶不及，同為畫病，此在學者用意輕松，運腕深厚，並須留心筆端漬水之多寡，善為洗發耳。守墨者愚，戲墨者哲，古人之法，未可拘泥。石濤信筆作畫，純任自然，初無心於用墨，而墨之六彩五墨俱備，謂之悟墨，此已參透常規而入化境矣，惟妙悟人能得之。又古人作畫實中貴虛，其用心往往在無墨處，以無墨處求墨，則更進乎技矣。王麓臺謂畫貴意到，意到而墨自到，一『意』字實為無墨處求墨之秘，不可不知。

深心妙拈漢磚春

——談陳左夫先生與篆刻

□航　之

我與陳左夫先生是金石交中的老友，他比我大六歲。我們有過『三同』的相處，即同在浙江書協、同在西泠印社、同在浙江省文史研究館。參加各種活動，他總是約定我同住一室。我們之間無所不談，即使對彼此的缺點，也坦率地融洽在笑談之中，今《西泠藝叢》為了紀念他，約我寫點文字，由於我們太熟了，倒覺難寫，考慮決定，還是寫寫他與篆刻吧。人們對左夫的篆刻，褒貶不一，乘此機會談談我的看法。

一九七五年，左夫六十歲，他選輯了自己的篆刻作品成為一集，要我題辭，我曾寫過一首詩：

右筆左刀老更成，深心妙拈漢磚春。

大刀闊斧蔚風格，何薄自家何薄人？

當時，他對篆刻創作有一種感慨，他說：『古人縛我，今人誤我。縛我者前人之框框也；誤我者時尚之所趨也。』另一方面他又責備自己未有所獲。我並不同意他的說法，我說：『古人未縛人，今人也未誤人。』『縛』與『誤』全在自己。所以我提出『何薄自家何薄人』？其實，左夫在篆刻創作中是自覺地不受任何所縛、所誤的，他在老年篆刻家中是一位創新的強者。

左夫從事篆刻藝術，據他說開始於三十年代，在上海復旦大學就學時期，他領略了當時滬上吳昌碩、齊白石以及鄧散木先後陣陣的強大印風，但他並不被這些印風所披靡，他堅持着自己的摸索。到了浙江，『浙派』的印風雖不是『方興』，却也是『未艾』，有引人入勝的魅力，左夫仍堅持自己探索，尋求別徑。這種『傳派傳宗我替羞，作家各自一風流』（楊萬里句）的精神，實令人讚佩。後來，他在湖州，看到了千閑草堂所藏千餘塊漢魏、六朝的墓磚，眼界為之一開。這些磚文的粗獷、奔放，誘發了他的心靈，他盡情地吸收了其中的營養，以優化篆刻藝術創新的種子，突現了特色。從此就一發而不可收了。所以，我就用『深心妙拈漢磚春』來概括他。七十年代，上海、杭州的篆刻界，都興起了以簡化漢字入印的新風，左夫是積極的創倡者，他說：『自簡化漢字公佈以後，我經常思考這門古老藝術的去從問題。漢字的演變，已從量變到質變階段。刻印畢竟是以文字為基礎的一種藝術。基礎變了你能不變嗎？簡化漢字入印，當然是創新的重要一環。……藝術必須與時代同步，繼承非復古，應該有取捨。』我當時也是極力贊成的，不過後來經過反復實踐，我又改變了，認為篆書仍

是篆刻的基本用字，簡化漢字也可入印。而左夫却是一直堅持着他的探索，並且有所發展。後來，他看到了新出土的漢簡文字，他又很快地吸收進篆刻。所以，在他的篆刻作品中，明顯可以看到三種文字的痕跡：一是篆字的磚化，二是簡化漢字的篆化，三是漢簡文字的變體，形成為篆刻文字的『三合一』風貌。

繼承與創新在篆刻創作中是緊緊聯繫在一起的，但人們在評論的時候，為了突出重點，常常把它們分開來談。左夫篆刻的突出點在創新，特點是大刀闊斧，氣勢磅礴，以磚刻的粗獷來爕理陰陽。一種強烈感、老辣味，醒人眼目，沁人心脾。使人看後感到興奮、剛強、痛快。他的篆刻已形成獨有的一格。創新畢竟是艱苦的，探索得到的東西往往是有待於完善的。我曾對他當面說過，他的篆刻，悍而少醇，得勢而失韻，淺出有它深入不足。他含笑首肯。一般評論篆刻，總有一種習慣勢力支配着，即對繼承傳統而無新意的作品，多予肯定，倒提不出什麽意見，而對創新的作品，易於指出缺點，甚至輕率否定。二者對比之下，說明了創新的不易。反過來我們更應該珍惜每一點的創新。左夫在一九九〇年出版的《左夫刻印選序》中說：『本集所列……是不是亂了這門古老藝術前進的步伐？但若能作為一種反面資料，從而開啟這扇創新的大門，也未嘗不是一件好事。』在謙虛而又坦率的自述中，傾心於篆刻的創新，可謂語重心長。

左夫對篆刻藝術的酷愛，來自他對這門藝術事業的熱心。杭州是篆刻藝術的發祥地，但『十年浩劫』，萬馬齊喑。不過，篆刻藝術的生命力是強的，它在愛好者的心裏是『野火燒不盡，春風吹又生』的。有些篆刻家『心癢』的時候，終是鍥而不舍；許多青年人也時被篆刻藝術所吸引，『金石可鏤』，閉戶試作。雖然如此，但大家都只是處在『心心相印』，互不往來的狀態中。後來，杭州書畫社開始了書畫、篆刻活動，就像一股春風，吹活了篆刻大地的生機。左夫是個熱心人，他的心裏藏着一本杭州篆刻家老中青人際關係的聯絡網。就在這時，他開始擔任了義務的聯絡員，上串老一輩，下連中青年，積極地鼓動大家參與活動。有的人沒有印石，他就把自己用的印石鋸割一段，分贈應用，逼人不得不刻。小型的座談會，櫥窗展覽，開始復甦了。浙江美術學院發起組刻《革命英雄印譜》。用簡化漢字入印，這是杭州篆刻藝術創作走上群衆化的開端。這本印譜有廣泛的群衆性，已故的老一輩篆刻家有沙孟海、諸樂三等參加，大多數是中青年。在這印譜的發動、創作、評議、定稿一系列的活動中，左夫起着推動作用。那時，人們家裏都沒有電話，左夫靠着兩條腿，拄着竹杖東奔西走，杭州篆刻家的門前，差不多都留有左夫的脚印。接着，他又幫助鍾久安先生組刻《中國農民革命印譜》。左夫的家裏，一時間成為篆刻藝術的沙龍，經常可以看到『晤言於一室之內』，『放浪於形骸之外』，其樂融融的情景。同時他也培養了不少青年篆刻作者，現在已成為杭州篆刻界的中堅力量。以後，西泠印社恢復工作了，中國書協浙江分會成立了，杭州篆刻逐漸走上健康發展的軌道。印學組織如『印友會』等蓬勃發展。回憶過去，我們不會忘記左夫默默奉獻的精神。

左夫的愛好是廣泛的，他潛心於考古，曾和張宗祥先生合寫過《良渚玉圖說》，他獨立寫作的《瓷器中的『宋青花』問題》等文，都是很有價值的。他喜寫詩、詞、對聯；愛好收藏，還善於製作竹手杖，親自到山上采掘小毛竹，製成手杖珍品，分送朋友。

左夫逝世已將近周年了，他那右手拿筆、左手執刀、挺立着刻印、談笑風生的形象，永遠印在我的記憶中。

林岫詩詞選抄

林岫，字蘋中，號紫竹齋主，女，一九四五年生，浙江紹興人。一九六七年畢業於天津南開大學中文系，著名詩人、書法家。現任中國新聞學院古典文學教授、中國國際藝術家研究院藝術顧問、中國書法家協會常務理事、中國書法教育會副主任、中華詩詞學會理事及評審委員、中華炎黃文化研究會理事等。其詩詞作品在加拿大、美國、菲律賓、日本等華文報刊，以及國內報刊發表逾千首。著作有《古文體知識及詩詞創作》《古文筆法》《中外文化辭典》（副主編）《蘋中吟草》《林岫漢俳詩選》《詩文散論》等。其書法作品多寫自作詩詞，兼擅四體，尤工行草，在海內外享有很高聲譽。一九九二年十一月榮獲中華文化交流與合作促進會頒發的『中日女子書法展特别獎』。自一九九三年十月起，在中央電視臺海外影視臺（17頻道）和第二套（8頻道）『中國風』節目中主講《詩書畫壇》欄目，共二十八集。一九九四年八月應邀在新加坡舉辦『林岫詩書作品展』。一九九四年十月獲日本東京『國際俳詩大賽』漢詩組第一名。一九九五年四月論文入選『漢城國際書藝學術大會』，九月出席大會』宣講論文。一九九五年十月應台灣極忠文教基金會之邀請，參加『大陸文學藝術家訪問團』赴台進行文化交流活動。

富春江行吟十首（選二）

秋深露冷白蘋花，日落遥山帆影斜。
礁岸閑看鷗點點，歸來柔柳貫魚蝦。

烏桕初丹過短籬，横江秋色雨來奇。
行行恰是問津處，掠岸驚飛一鷺鷥。

江陰道上

細雨霏霏初過，酒旗招舞花稀。
幽意何人領略？舟頭幾點蓑衣。

題東江居士《萬世良朋圖》①

竹石當軒似故人，丹青得意可通神。
須知今古閑居士，多是清風畫裏身。

①東江居士即韓國著名中國畫畫家趙守鎬教授，書精行草，畫擅竹梅菊石，世稱特出。

屏風山隨筆

山館亂塗鴉，無詩苦品茶。
竹簾風上下，烟水棹嘔啞。
三五圓時月，一雙妝後花。
客懷難自遣，歸夢石橋斜。

大興安嶺霍都奇林場題映山紅

屋前花半落，嶺上正開顔。
經雪香猶在，臨風意自閑。

高陽臺・庚午浙江故里郊行

蘭渚敷榮，稽山酌綠，疏籬款竹誰家？掃徑烹甌，殷勤老媪分茶。鄉情忽憶鷗邊路，問村童，遥指汀沙。漫相尋，迷却橋頭，幾樹梅花。　樓臺俯仰非陳跡，尚依稀識得，翠檻旗斜。烏飯堆盤①，熒屏笑語桑麻。夜來秉燭呼蓮艇，掐新聲，分付琵琶。傾金樽，一快襟懷，不負烟霞。

①烏飯為糯米加南燭樹葉汁製成的飯食。蘇浙逢春有吃烏飯以强身延壽之習俗。

虞美人・夢歸浙東故里

好山如夢番番疊，雲破鑒湖月。醒來猶覺夢如山，做得般般曲折恨連綿。　方才夢裏分明見，阿母聲聲喚。歸舟一葉正逍遥，蕩過柳陰樹下外婆橋。

渡江雲・題早梅圖

幻重重紫玉，衣香羼粉，清氣動浮邱。恰飛瓊照影，素女含顰，逝若水悠悠？生涯慣冷，花期誤，自許風流。羅浮夢，如今縱有，怕也難留。　堪休。一身甘苦，幾度榮枯，問絶塵英秀，何處尋，孤山月窟，庾嶺雲樓？多情易瘦無情惱，胭脂淚，濃淡都愁。長落得，攬風擁雪温柔。

滿庭芳・題桃花

來是仙源，去宜流水，夾岸依井舒霞。怨紅難聚，分付野人家。一掬幽懷誰寫？紫陌恨，細逐楊花。青谿上，交飛玉翦，歲歲説繁華。　何嗟。疏雨過，柴桑境勝，廬嶺風斜。漫贏得，南枝避惡名佳①。祇合清芬一路，杳然去，雲崿休遮。偏瀟灑，泥丸布錦②，爛漫到天涯。

①《侯鯖録》載『今人以桃枝灑地避惡』。
②《花史》謂宋石曼卿通判海州，以山路高峻，無花點綴，使人以泥裹桃核拋擲山頂，數年後花發滿山，爛如錦繡。

漁家傲・燕子磯弔稼軒

挾策無門空決蕩，才名幸未和愁葬。矯矯萬夫誰屬纊？天不讓，瓣香直壓東坡上。　依舊斜陽衰草巷，新詩題遍梅花帳。饑鼠繞牀蛩亂唱。休去想，詞人零落山無恙。

臨江仙・游新加坡飛禽公園

鮮徑生凉清暑，瓊崖倒瀉珠泉。浮香浥露草芊綿。百般聽宛轉，顧盼盡堪憐。　黄頭纔飛枝上，紅衣又覓花前。曲池低唤更魂牽。相思如有夢，料也只翩翩。

史印

□鄭之

《史印》，清初篆刻家童昌齡專題印譜。收所刻歷代史學家姓名字號印，自西漢司馬遷至明代王宗沐，共二十三人三十九印。刻成於康熙十七年戊午（一六七八年）。此譜有序跋近四十篇，述論頗多。西泠印社所藏為重裝本，保存完好，係早期社員張魯庵先生家屬於一九六二年捐獻。

全帙一冊。開本高二十六・六公分，寬十六・五公分；板框高十七・二公分，寬十一・五公分。連史紙本，瓷青紙封、底，中式綫裝。框欄文字雕板印刷，印章朱泥原鈐，承慶堂藏刊。

此譜印章佔十二頁二十三面（中式編碼，一頁兩面），每面收印一至兩方，左標釋文與簡介，版式見附圖。原譜卷首，有署為『香谿童氏家藏』的題名扉頁、周金然序與自序四頁；卷尾有梁清標、高士奇、朱彝尊、陳僖等及童昌齡之叔童煒、兄童鼎泰等三十五人的題跋十四頁。印社藏本係光緒十四年（一八八八年），經山隱傳華收藏並重加裝幀，卷首增加郭蘭祥影摹白描童氏像原跡一幀，傳氏跋記手書附於卷尾。民國初轉歸西仁收藏，一九二三年夏請高時顯跋書其後。旋又歸藏於張氏『望雲草堂』，一九六二年捐於西泠印社。卷中有童氏家藏、傅華、丁仁、張魯庵諸家收藏印八方，可證流傳之緒。

童昌齡，字鹿游，祖籍浙江義烏，世居江蘇如皋，活動在康熙年間。生卒年不詳，據陳僖一六七八年的跋，說童『年富力強』，以三十歲左右推算，可知他約出生於清順治初年。據方去疾先生《明清篆刻流派印譜》收錄童氏『柴門老樹村』一印，款署戊戌，為康熙五十七年（一七一八），約七十歲仍在世。《廣印人傳》載，童『肄業成均（國學），精六書之學，刻印尤工』。童煒跋記說他：『幼時即能辨古文奇字，更研精諸史，歲戊午浮江入京，與賢豪長者游，凡商周秦漢以來金石刻，所見日益博。』夏九敘、朱嶙跋說：『鹿游為人坦白，讀書嗜古，以氣節自任。』『以精篆刻游於公卿間，聲籍甚。』他的篆刻風格脈近程邃，梁清標評曰：『近時程穆倩氏，獨得秦漢遺意而變化出之，號為卓絕。今復見童子鹿游深於此法，其所作雅勁遒古，可與程氏齊驅。』梁是著名學者和鑑賞家，見識聲望都很高，童得此譽評，榮莫大焉。可惜他後來創作情況不明，存世作品也很少。據韓天衡《中國印學年表》記錄，他尚有《顏言篆略》印譜一冊。程邃是印學史上一代宗匠，開宗立派，影響深遠。童昌齡雖然壯歲即享時譽，但可能後來進展不大。史料不多，個中原因，難以探析。童除精於篆刻外，尚工篆隸書，擅畫古木竹石，風格俊逸永遠。

一九九七年春寫於今日軒

郭蘭祥綫描童鹿游先生像

史印

一

承慶堂藏

司馬遷印　子長

西漢龍門入官太史令著史記

《史印》原譜版式

重裝本收藏者傅華跋

國初印人尚沿文何餘派自丁黃蔣奚黃興印學爲之一變然當浙派未盛之際其時能自成家不囿所見者程穆倩鄧石如數家外不易多覯鹿游先生史印功力深邃氣息醇雅足與垢道人鄧山民鼎峙觀冊後諸老題詞推許備至洵非過譽沈筱亭先生以此冊見贈不啻百朋之錫也按圖繪寶鑑續纂鹿游如臯人籍甚成均嘗作古木竹石風味淡遠因併記之

光緒戊子孟夏　山陰傅華并識

司馬遷印　子長

西漢龍門人，官太史令。著《史記》。

班固字孟堅

東漢扶風人。著《漢書》。

范曄白牋　蔚宗

南朝宋宣城太守，著《後漢書》。

陳壽之印　字承祚

先仕蜀，入晉舉孝廉，官中庶子。著《三國志》。

貞觀圖書

唐太宗命房喬等纂輯《晉書》，帝自製論讚四篇，至今《晉書》稱太宗御製。

沈約信印　休文

南朝梁吴興人，官尚書僕射。著《宋書》。

蕭子顯印

南朝梁蘭陵人。著《南齊書》。

姚思廉印

唐吴興人，官散騎常侍。著《梁書》《陳書》。

魏收私印　伯起氏

北齊鉅鹿人，官僕射。著《魏書》。

李百藥

隋博陵人，官宗正卿。著《北齊書》。

令狐德棻印信

唐華原人，官中書舍人。著《周書》。

魏徵之印　玄成

唐晉州人，官諫議大夫。著《隋書》。

李延壽印　字曰遐齡

唐隴西相州人。著《南北史》。

宋祁之印　子京

宋雍丘人。著《唐書》。

歐陽修印　永叔

宋廬陵人，官學士。著《五代史》。

司馬光印　君實氏

宋夏縣人，哲宗朝宰相。著《通鑑》。

朱熹　晦翁

宋新安人，官侍講修撰。著《綱目》。

臣脱脱

元人，官太史中書，右丞相。著《宋遼金史》。

宋濂之印　景廉

明浦江人，官翰林學士。監修《元史》。

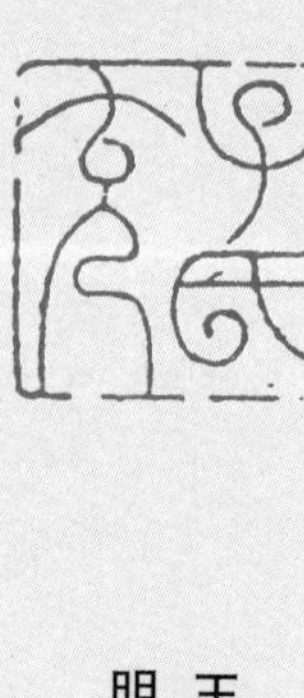

王褘信印　子充氏

明義烏人，官翰林編修。同修《元史》。

商輅之印　弘載氏

明浙江淳安人，官大學士。奉勅修《續資治通鑑綱目》。

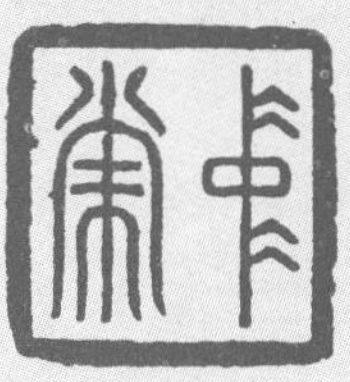

薛應旂印　仲常

明常州武進人，官提學副使。著《宋元資治通鑑》。

王宗沐印　敬所

明浙江臨安人，官漕運都御史。著《續資治通鑑》。

青檀印社

青檀印社一九八九年六月二日成立於山東棗莊市。社員由最初的三十一人已發展到今日的五十三人，集中了棗莊地區及部份周圍地區的優秀篆刻作者。社員當中，中國書協會員有十六人。印社成立至今，舉辦了多次社員作品展和創作座談會、觀摩會、培訓班，並邀請國內著名篆刻家、書法家前來講學，為推動棗莊地區篆刻藝術事業的發展起到了巨大的作用，使棗莊地區的篆刻創作水平迅速提高。社員作品入選全國篆刻藝術展的數量逐屆增加：由首屆的四人，二屆的八人，至三屆已是十人，同時，在近十年來中國書協主辦的全國展、中青展、婦女書展、新人新作展、刻字展、國際篆刻交流展等，社員作品都有入選并獲獎。

青檀印社組織機構：

社　長：燕守谷

副社長：王建強　張肇瑞

秘書長：趙世清

理　事：王建強　方慶江　李連崧　宋　歌　張肇瑞　趙世清　謝鴻雁　燕守谷

社　址：山東棗莊市文化中路37號文化宮二樓

郵　編：277102

沈　彪
氣作山河光照日月

燕守谷　徐德雲

方慶江　王松

馬　明　一醉千日

鄒金奎　長樂

邵　彪　屋漏痕

燕守谷　王鼎私鉥

翟衛民　潛行不窒

齊愛君
文章千古事(連款)

王建强　暢 游

宋 歌　長樂萬世(連款)

李連崧　大智若愚

馬建均
唯有飲者留其名

張肇瑞　葱龍蒼翠路鳥語伴泉聲

馬建均
心如五十後所作

王正陽
實　誠

謝鴻雁　默如雷

李連崧　壽蔽天地

趙世清　溪上青青草

印友會

杭州印友會成立有十四年了。十四年來，印友會猶如青少年般朝氣蓬勃，奮發向上，隊伍不斷壯大，成績屢屢刷新。會員們在歷屆全國各級書刻展中獲得的榮譽已不勝枚舉。如今，已有多名會員被推選到省、市各級書協組織任理事、副秘書長等職，會員中已加入中國書協的有十餘人，成為西泠印社社員的有三人。

值得慶賀的是，在當前的市場經濟浪潮中，仍有相當多數的會員堅持印學藝術，以『學習、交流、友誼』的結社宗旨，鍥而不舍地在印學藝術園地裏耕耘、鑽研，并獲得了較好的成就。

今借《西泠藝叢》一角，選登部分會員作品，以祈得到兄弟社團及同好的指教與幫助。　（杭州印友會）

金孝友
空谷幽香

桑建華
許曉俊印・梅花知己

林文堅
求是室

蔡樹農
畫王・神游大千

徐明祖
河西無恙・遲齋務昌（連款）

許德華
逸雲軒

張澤華
九九歸一(連款)

曠雄白
弄大斧

方國樑
子安鑒賞
知白守墨(連款)

魏東海
益師

朱光復
祖國强盛

王仕民
炎黃子孫

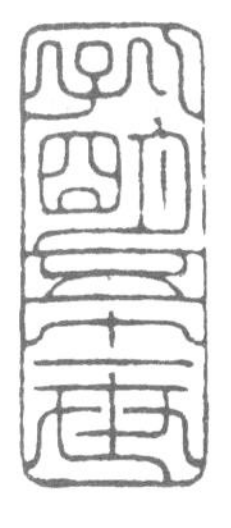

鍾國屏
臯亭耕墨人

程　宏
祝鶯鶯之印信

潘金華
回歸

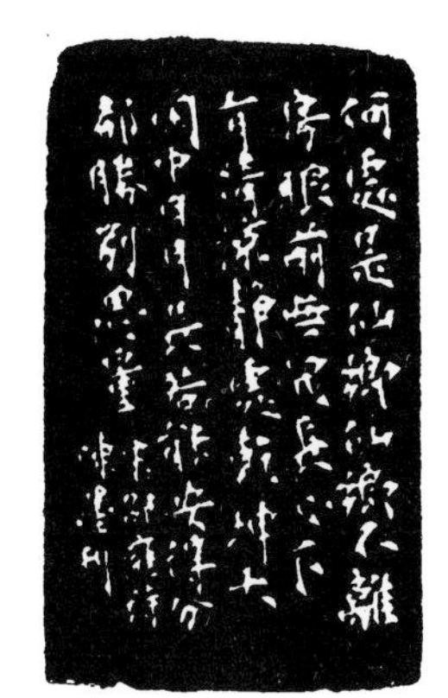

陳　墨
孔明五十一世
靜處乾坤大閑中日月長(連款)

王海言
藝林雕卒・本來無一物

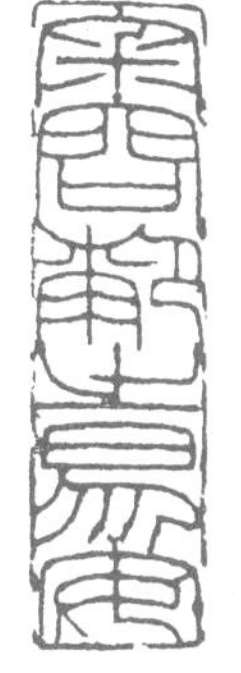

姚衛根
審容膝之易安

蔡松筠
魯迅故里人

南門太守

無心心自安

鄒宗緒印

他從秦漢故土走來

□陳根遠

魏傑十幾歲時即受業於趙熊、傅嘉儀先生，在他們的耳提面命下，臨摹了大量秦漢璽印。並旁涉趙之謙、黃士陵、吳昌碩、齊白石等近現代諸家。白石老人曾云：『漢印之妙不在其形模，而在於漢人「膽敢獨造」的精神。』師古而不泥古是每個印人成功的相同秘訣。魏傑在秦漢故土上如海綿般貪婪汲取秦漢璽印精華的同時，大膽創新。他採用秦漢印樸厚峻利的綫條，加入現代藝術對開合對比、空靈淋漓的崇尚，充分發揮刀石的材質特點，表現了自已酣暢痛快、雄肆奇崛的藝術特點。

明代印學家周公謹曾言：『有佳篆，然后有佳刻。』(《印說》)魏傑對漢繆篆、金文、甲骨文有着良好的理解與把握。當年西安中國書法藝術博物館初創時，魏傑承擔複製的大量新石器時代仰韶陶器刻符、西周甲骨文、秦代封宗邑瓦書等，形神兼備，得到了考古學家和書法家的一致讚賞。有些觀者甚至信以為真品。在這種對古代篆書的準確理解基礎上，他在篆刻中融匯各體古文字的精髓，創造出似曾相識而又區別於傳統甲骨文、金文、繆篆的自家篆法，每每給人以古意盎然而又耳目一新的感覺。如『圖龍之術』、『黨紅』即可見其篆法獨特之一斑。

在章法上，魏傑注意印面空間的分割和紅白疏密的對比。他曾說：『我受漢印影響太深，其實刻印腦子中不應有十字綫。』反映出他走出秦漢的深沉思考。正是由於他注意文字的開合和錯落，很少犯常人習漢印而易導入的四等分印面的毛病。如『上善若水』、『鄒宗緒印』等，因文字繁簡不同而錯落揖讓，大開大合中，既有強烈的紅白對比，同時又相互關照，動靜呼應，貌散而神凝。

魏傑對手中武器——刀的功能的發揮煞費苦心，十分注意行刀的角度與運刀的穩健及微妙的擺動。如他刻的『南門太守』印，行刀極淺，很少複刀，控制自如，一氣呵成。『醉翁之意』刀法極勁健而富彈性，冷峻爽利。

邊款是印章藝術的延伸，魏傑的邊款或楷、或篆、或隸，皆得益於他對書法結體的準確理解和運刀如筆的準確把握。魏傑的圖像印更是別具一格。早年曾立志當一名連環畫家的他終於在邊款（包括肖形印）上找到了施展繪畫才能的自由空間。他的圖像款極重構圖和意境，如『長河落日』款，湍急的河水奔流不息，頗具符號徵象意義的落日漸漸低沉，漩渦狀的太陽餘暉似不合客觀現象，倒象西方現代派的手法，不知是對歷史的浩嘆，還是對童年的追憶。『永泰公主墓』印款的蒼涼似向人們敍述着歷史

黨　紅

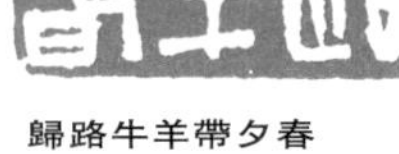

歸路牛羊帶夕春

印學話西泠

漢長安城遺址(連款)

可得永年

圖龍之術

長河落日(連款)

日在林中

滄海桑田的變遷。『漢長安城遺址』印款的厚重，似乎使我們夢回漢唐，想到今天背負的歷史的期望……

這就是魏傑，他以自已獨特的篆刻語言(篆法、章法、刀法)在印章的方寸天地中娓娓叙述着自已的理想與追求，意趣盎然，渾然天成。然而在全國重大展覽近乎百發百中的表象背后，浸透着他不斷探索、孜孜以求的汗水。如在準備第三屆全國篆刻藝術展作品時，正值盛夏，他幾乎吃住在單位那擁擠悶熱的辦公室中一個多星期，反復構思，有些印甚至刻了好幾遍，終於在刻成的數十方印章中選出『亡羊補牢』、『可得永年』等數方印送展並得以入選。唐代苦吟詩人往往『吟安一個字，捻斷數莖鬚』。作為一個對篆刻有出色感悟而又十分嚴肅的篆刻家，魏傑何嘗不是如此呢？

從秦漢故土走來的魏傑，如能更加注意錘煉自已大氣雄肆的篆刻語言，同時加強對璽印篆刻理論的研究和總結，必能在當代印壇上找到自已的一席之地，在篆刻藝術道路上更上層樓。我們期待着……

方國樑印作評析

□來一石

詩題窗外竹茶煎石根香

細憶一番花事又經年

立法、破法、創法，從藝的人似乎都明瞭，但能堅定而踏實地實踐之，或是很困難的了。繼承可以說是立法的一種快捷手段。方國樑的篆刻所繼承的是刀法厚重、氣韻古穆的浙派之法，而且繼承得較為成功。

浙派之法易在平實，難在圓活。方國樑篆刻的成功之處，在於他能將這圓活之旨熟練地運用到朱、白文中，粗、細文中。他在堅定而踏實的篆刻實踐中，嫻熟地掌握和運用切刀的各種速度、方向及使轉，而不為瑣碎的切刀動作所拘束，得其篆刻表現為厚重、工穩而不失板滯，在他的幾方小印中尤見此功力。他能以局部的一二筆削刀破去澀重的切刀基調，使文字在平實中透出空靈，如『詩題窗外竹，茶煎石根香』等印。在用刀上如此，在結字上同樣不墨守，化繁為簡、易大為小、變方為圓的直白式表現，而更為內在，更為細膩。在結字峻峭中使留紅曲之，計白當黑，以增委婉，如『細憶一番花事又經年』等印。當然，這種活法的繼承，只是方國樑借以立法的一種手段，況且這種手段也已是西泠八家的東西，作為藝術的篆刻，在于多維的聯絡，方國樑是不會守株於此的。他也知道，倘或八家生還，他們在對被歷史淘刪、風雨剝蝕了的古鉥、漢印『透關手眼』，業已創出儒雅穩健的新法時，在古物日出、時風日新的年代裏會再破『舊法』，或破得更為工穩、靜逸，或破得更為撲拙、蕭散。王福庵、韓登安繼承八家後所走的是更為工穩、靜逸的一路。方國樑似乎也嘗試過走這一條路子，『此中別有天然趣』、『德頤六十歲後書』等印中已見此消息。應該說，這種嘗試是一個篆刻家走向獨立的基本條件，不管得失如何。誠然，方國樑的這些嘗試與其厚實的擬八家印作相比，在省略了八家刀法與留紅的嫻熟技巧外，却很少充實書卷氣息於個中，（從某種意義上說，書卷氣並不是臻篆刻藝術高格的唯一品質，但對於刀法厚重、氣韻古穆的八家一脈，甚或沿拓寬了八家一脈的王、韓之流，書卷氣在寸方中的滋養、流溢是必不可少的。）因而工穩而乏逸。也許這條路子並不適合方國樑的性情罷，若要更為深入地拓寬這一路子，便有點勉為其難了。但方國樑畢竟是搞篆刻藝術的，他非常明瞭刻苦與固板乃一紙之隔，他在不斷從多向嘗試的過程中，逐漸將樸實之格融於蕭散之中。他能在篆刻界立足，在藝術上有所成就的另一面，正是他取長補短，適性砥礪這一點。

方國樑立法既定，在走向破法到創法的道路上便顯得沉着，深入。這種沉着與深入，不是棄自已性情不顧而去亦步亦趨前人；對八家的破法和創法，也不是附和今人對浙派的褒貶而全盤棄之。方國樑的沉着，乃是立在浙派肩膀上的同時，反觀自身，在巧妙地借用前人的成功破法，謹慎

東風輕扇春寒

寧少少許

嗚華持贈

殷蓀私印

會稽蘭亭人

筆禪墨韻

此中別有天然趣

山雲當暮夜月為鈎

胡鑒之鉥

逸　廬

菱歌泛夜

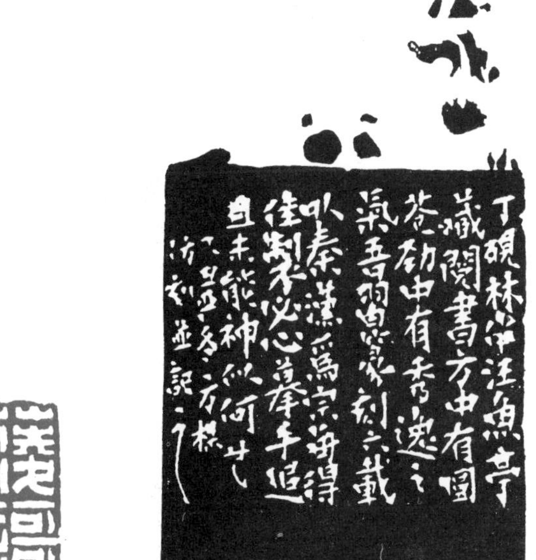

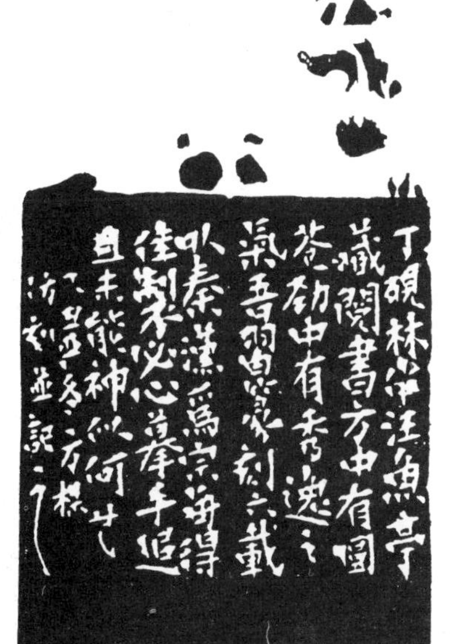

汪魚亭藏閱書（連款）

德頤六十歲後書（連款）

地吸取前人閃失的經驗，以不斷累積根基為規矩，博采約收。當然，這一些與他得天獨厚的生活環境不無關聯，在他從事的西泠印社創作室，有幸見到大量的浙派印作乃至歷代巨製的原物、原搨，更有王、韓嫡傳的余正先生的指教。正由於如此，方國樑的深入是在由心而養、由法而展的觸角中捕捉破法。從方國樑近來所作諸印中，可以看到他的這種努力。他正在將樸散一路的印風納入胸懷，不斷壯大自己，不論是古鉥、漢印，還是近現代大匠印作中所流露的。這也許是方國樑破法至創法的開端。

化古出新　書風獨具

——記著名書法家夏湘平先生

□子　央

當今書壇熱浪迭起，展事頻繁，頗有『觸目橫斜千萬枝』的感覺，然而過目之後，不過是『賞心只有兩三枝』而已。以『賞心只有兩三枝』來觀照，我以為夏湘平先生是矣。

已連任三屆中國書協常務理事、書法創作評審委員的夏湘平先生，是以精擅隸書而聞名的。他溯源尋宗，於法中沉潛涵泳，窮幽探微，經過幾十年的熔冶、磨礪、修煉，終於化古出新，自開格局，成為當代書壇一位重鎮書家。

『致廣大而盡精微』，夏先生所以能高標自立，脫穎而出，是以深厚的功力和學養作根基的。王國維所謂『古今成大事業、大學問者，必經過三種境界』，在夏先生的學書歷程中得到了充分驗證：

『昨夜西風彫碧樹，獨上高樓，望盡天涯路』。這是學書的啟蒙時期。童年的他特別喜好寫寫畫畫，日課從顏體楷書入手，繼而臨習清人隸書，在二十歲前，對何紹基、鄧石如等人作品下過很多臨寫功夫，但對目標的追求尚處在迷茫之中。

『衣帶漸寬終不悔，為伊消得人憔悴』。從二十歲到四十歲，憑着對書法的熱愛和執著，夏先生從清人法帖上追秦漢刻石，廣臨如《曹全》《乙瑛》《禮器》《史晨》《張遷》《鮮于璜》等碑；同時對魏碑諸如《好大王》、『二爨』、《石門銘》《嵩高靈廟》《鄭文公》《泰山金剛經》等也悉心研習。因而眼界大開，似有『登萬仞之高自覺意遠，臨不測之水使人神清』之感，掌握了隸書書寫的共性規律，奠定了堅實的

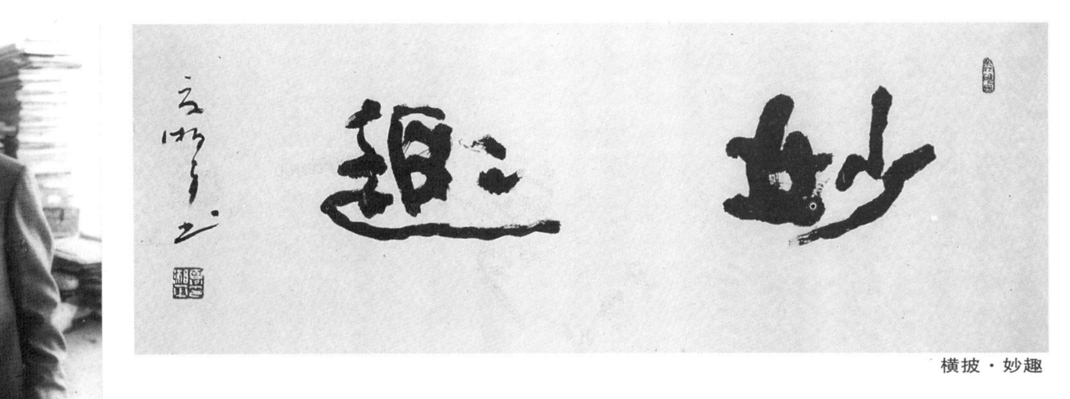

橫披・妙趣

碑學基礎。

『眾裏尋他千百度，驀然回首，那人卻在燈火闌珊處。』七十年代初進入不惑之年的夏先生在一次偶遇中，見到了一本《石門頌》，當時眼光突亮，格外興奮，如同一位久盼的戀人來到他的面前。此碑圓勁奔放的筆法與飄逸多姿的風貌竟和他多年的內心追求是那樣契合，真有相見恨晚之慨。素有『隸中草書』之稱的《石門頌》是漢碑中瀟灑恣肆一路書風的代表，清代馬祖翼曾感歎：『三百年來習漢碑者不知凡幾，竟無人學《石門頌》。蓋其雄厚奔放之氣，膽怯者不敢學，力弱者不能學也。』夏先生卻對它情有獨鍾，沉湎其中十幾載，朝夕諦觀、心摹手追，變為己有。並吸收漢簡、帛書的用筆特點，摻入草行筆意，融進《張遷》的方整、《禮器》的精嚴、《鮮于璜》的拙、魏碑的奇趣，取精用宏，廣采博納，通過參通古法發現自我、塑造自我，進而表現自我，漸入『我用我法自有我在』的境界。如是，一個『新的夏湘平』，便從深厚的歷史文化積澱中走了出來。

兩年前，《中國著名老書法家藝海縱橫》系列錄相，出版發行了夏湘平專集，他以『把握規律，強化個性』為題，論述了隸書學習與創作。他認為：『隸書創作的法度與規矩，必須從隸書傳統中去尋求。即從古隸的木牘、簡帛、刻石到東漢的名碑紛呈、風格多樣、趣味多變中尋求其豐富信息；從縱向瞭解發展軌跡，從橫向上領悟彼此間審美差異，從中梳理出規律來。這樣纔能在創作中獲得較大的自由空間，纔能自覺地學古變古、學法變法，營造屬於自己的藝術形象。若單純師法某一碑帖是難於達到的。』夏先生還有一個簡明扼要的學書公式：『個性——共性——個性。』他主張學書先應專精，學誰就要像誰，以求形似，把握所學對象的個性；再博取，經過廣泛的碑帖臨習，在通學比較中總結出帶共性的規律；然後還要不囿成法而法為我用，規矩其中，遺貌取神，形成自己的個性。這個公式道出了他成功的經驗，也闡明了學書的科學途徑。

夏先生的隸書，耐人尋味之處在於風骨峻峭、氣象華美、情趣高雅，意態靈動上，這有賴於先生的學養和靈性，有賴於他對綫條的錘煉和體勢的營造。他認為：綫條是書家展示才情、趣味、風格的主要手段，應表現富有生命活力的藝術效果。因此，他的隸書不着意『蠶頭燕尾』的程式，不拘泥古人樣式的重複，而講究隸書『神』的傳達和用筆的力度、變化及感情的投入。方圓、粗細、輕重、疾緩、提按、枯潤盡在點畫之中。筋豐骨健，生機勃勃，風流倜儻，蒼勁老辣，用墨焦而不燥、潤而不滑，墨之五彩自然流於紙上，極富藝術感染力。

在字的體勢佈局上，也顯示了他的超然趣味和藝術才華。善於平夷中追險絕、靜蘊中求跳宕，時伸時縮、時寬時窄、時疏時密、時大時小、時欹時正，變化極為詭譎，給人以天真活潑、情趣盎然的美的享受。

夏先生的作品，遍及全國各地並傳到海外，許多名勝景點都有他的手跡刻石，一些重要場所也懸掛着他的墨跡。矗立在唐山市中心的『抗震紀念碑』隸書碑文便是出自他的手筆；汨羅江畔屈原碑林的主碑《離騷碑》這篇二千五百多字的輝煌巨製，傾注了夏先生的心血和智慧，整個詩碑既嚴整莊重，又活潑飄逸，與《離騷》的愛國主義主題和屈原的浪漫主義精神相契合，成為夏先生的代表作將永留人間。

有着半個世紀軍旅生涯和長期從事書畫創作的夏先生，雖年近古稀，卻依然保持着旺盛的創作精力和求索精神，一如他常用的那枚閑章『樂在硯田』所表達的那樣，在孜孜不倦的耕耘中，相信夏先生將會有更多精品絢爛於當今書壇。

扇頁・梅香入夢

江南好風景舊曾諳日出江花紅勝火春來江水綠如藍能不

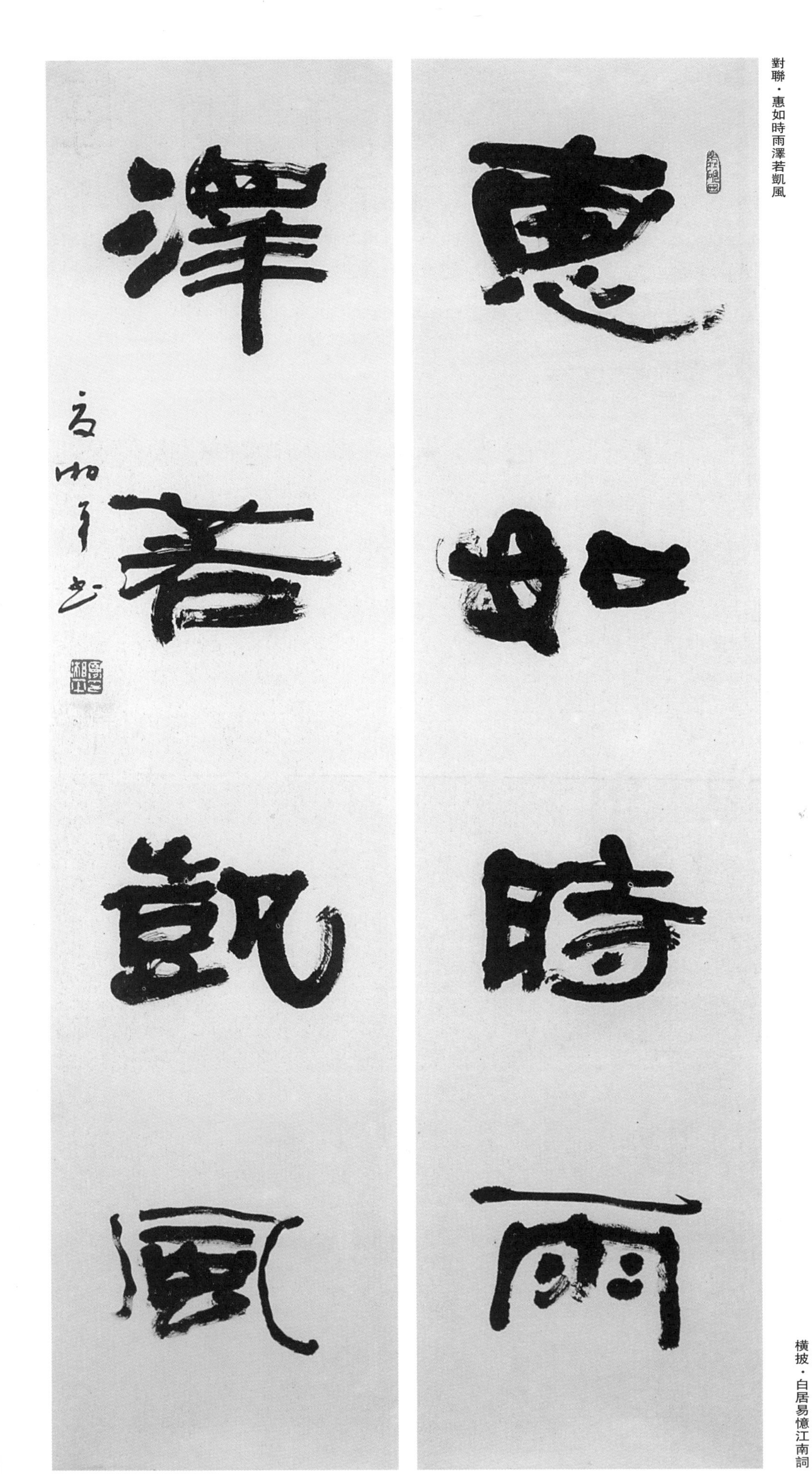

對聯・惠如時雨澤若凱風

屈原碑林主碑《離騷碑》局部

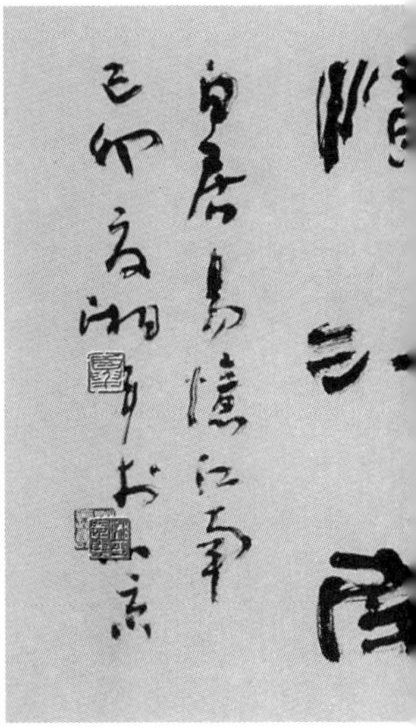

橫披・白居易憶江南詞

海外翰墨特刊

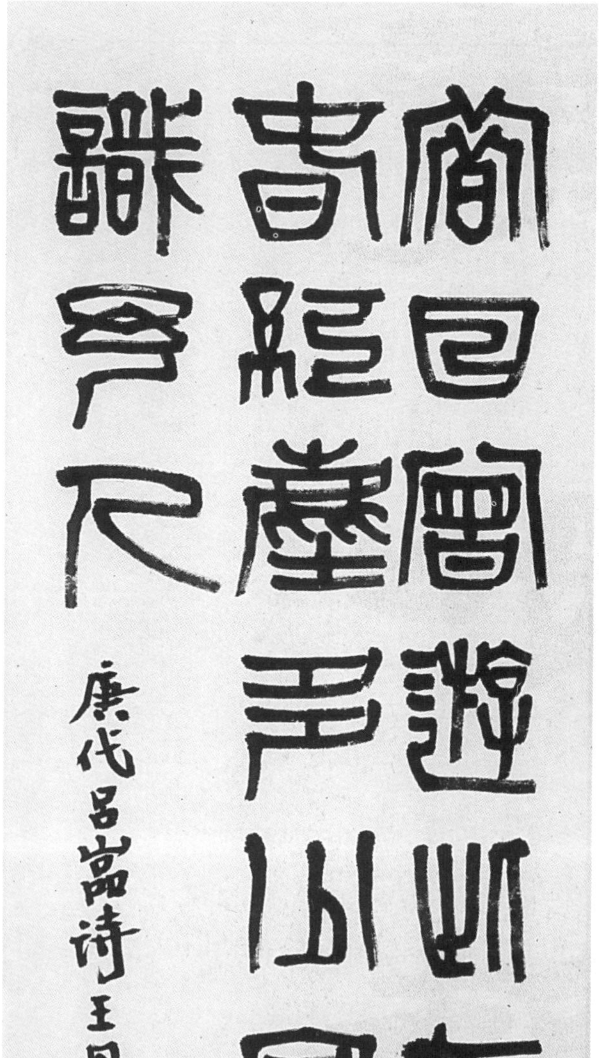

趙顯昌（泰國）篆書・唐五言詩一首　昔日曾游此如今九十春紅塵多少客誰是識予人

鄭昌德（日本）簡帛書・方而不割

閔權植（韓國） 水墨山水

逢訪蘭亭雨菊秋書香沐我豈
羲緜篳默難阻春風志浪子連
鞭始自羞

丁丑年書春風詩于西湖一郎

陳一郎（台灣） 楷書・七言詩一首

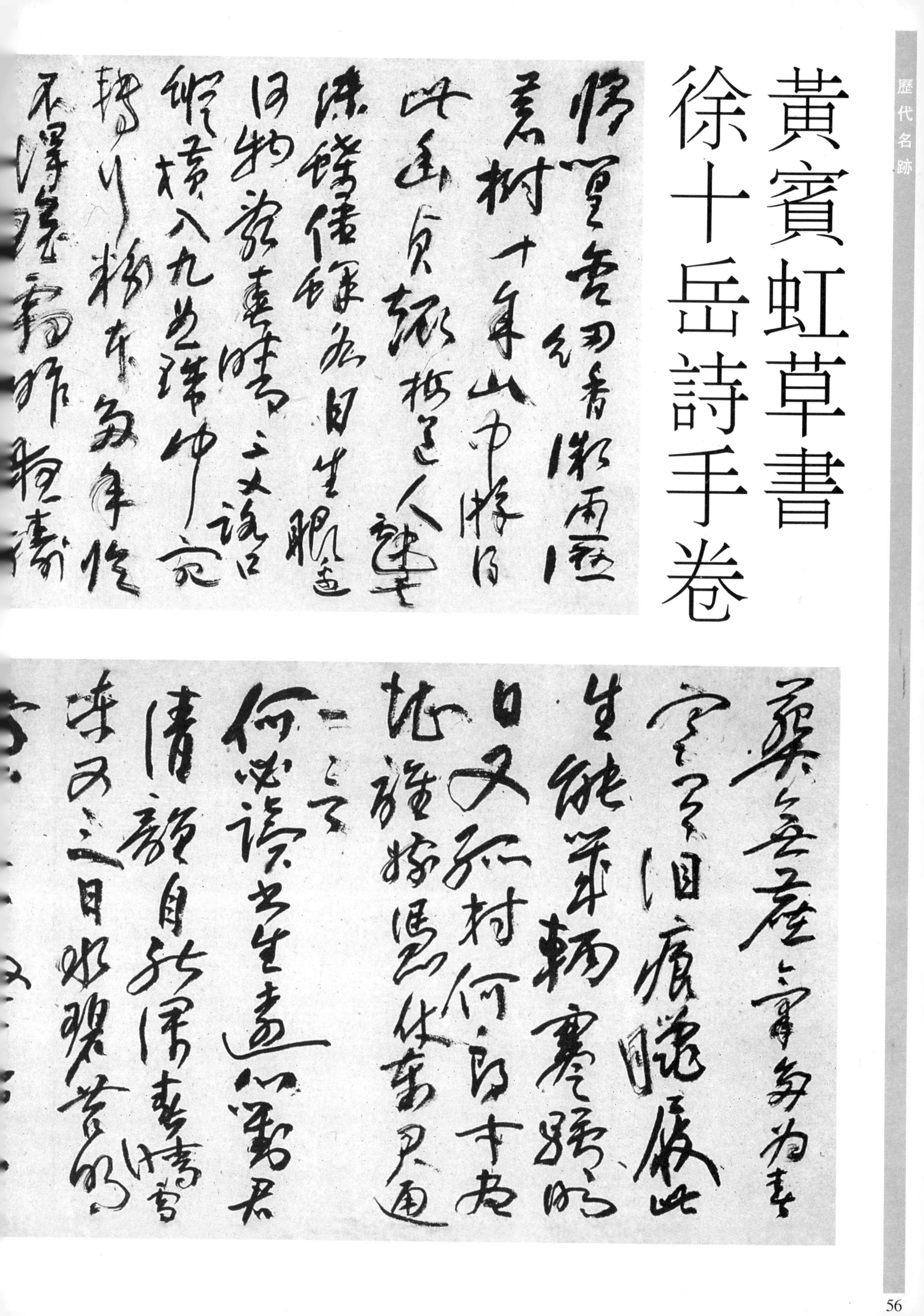

黃賓虹草書徐十岳詩手卷

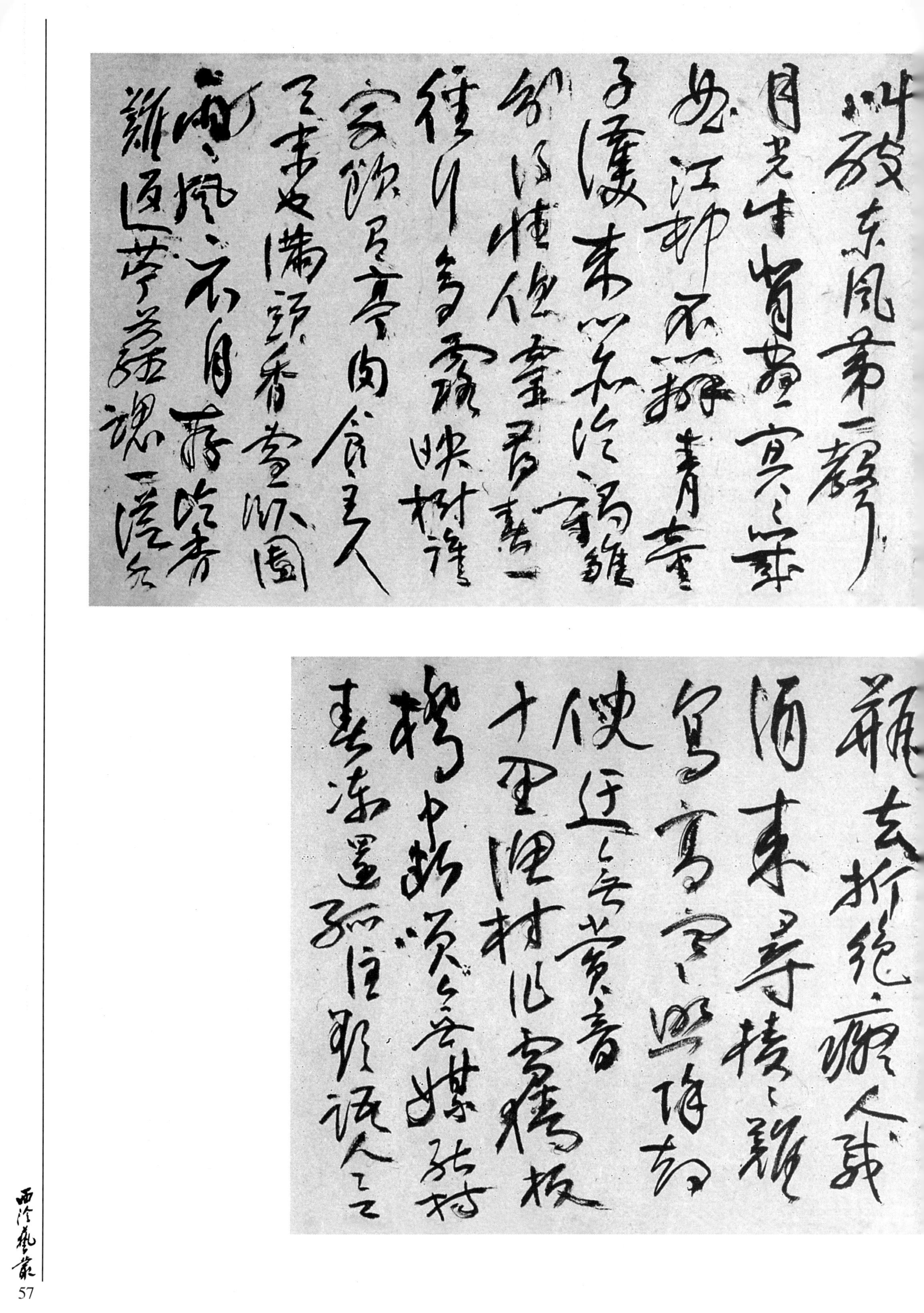

沈浩書法篆刻

文武之道

不疲

沈浩，男，一九七三年出生於杭州市。自幼愛好書法，一九八六年受業於中國美術學院教授劉江先生。一九九一年考入中國美術學院以章祖安教授為班主任的書法篆刻專業，並得到了劉江、章祖安、王冬齡、祝遂之、陳振濂等諸位教授的悉心指導。一九九五年畢業留校，任教於國際培訓部。現為浙江省書法家協會會員，中外名人文化研究會特聘畫師，文化藝術委員會委員。

近幾年來，書法篆刻作品多次在各級展覽、比賽中入選、獲獎：一九九四年，篆刻作品入選『全國第三屆篆刻藝術展』；一九九五年篆刻作品入選『首屆國際篆刻藝術展』、『西泠印社第三屆國際篆刻藝術展』；一九九六年篆刻作品榮獲『浙江省首屆篆書篆刻作品展』一等獎、書法作品榮獲『浙江省首屆中青年書法篆刻藝術展』最高榮譽『陸維釗獎』、『全國首屆扇面大賽』二等獎。此外作品還多次發表於《中國書法》《新美術》《書法報》《書法導報》等全國性報刊，並為《二十世紀世界藝術家系列叢書》收錄。

創作之餘還潛心研究書法篆刻理論，並參與一些辭書的編寫，發表論文有《隋代楷書論》等。

元始之尊

持暢曲岸

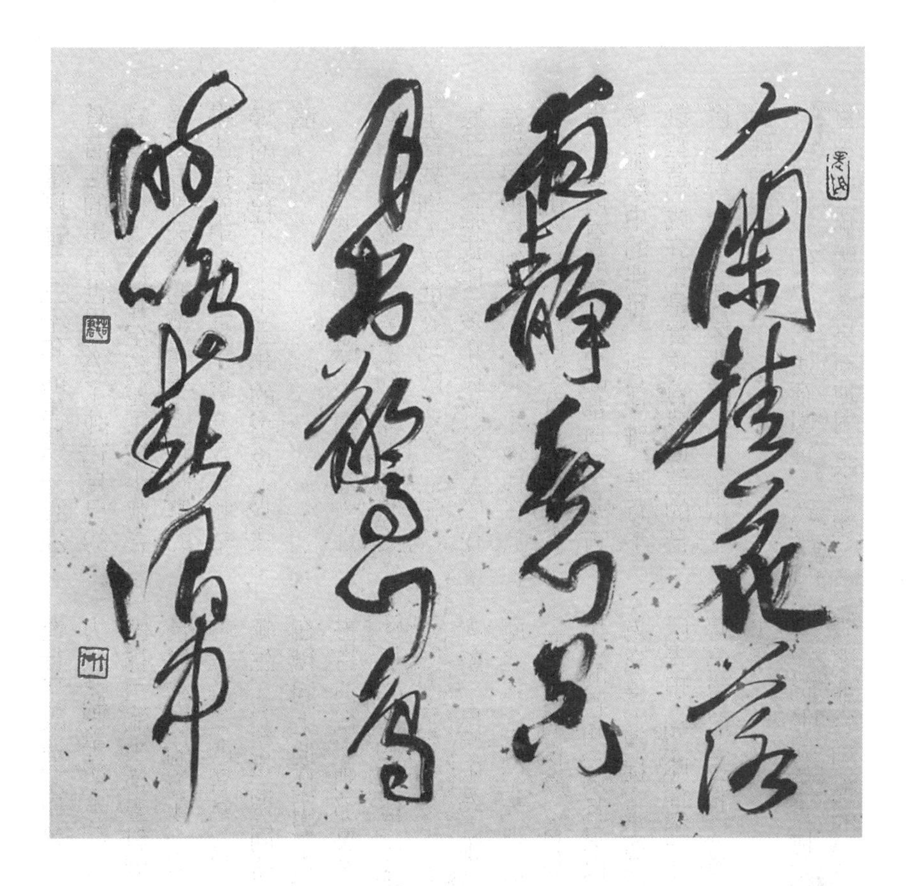

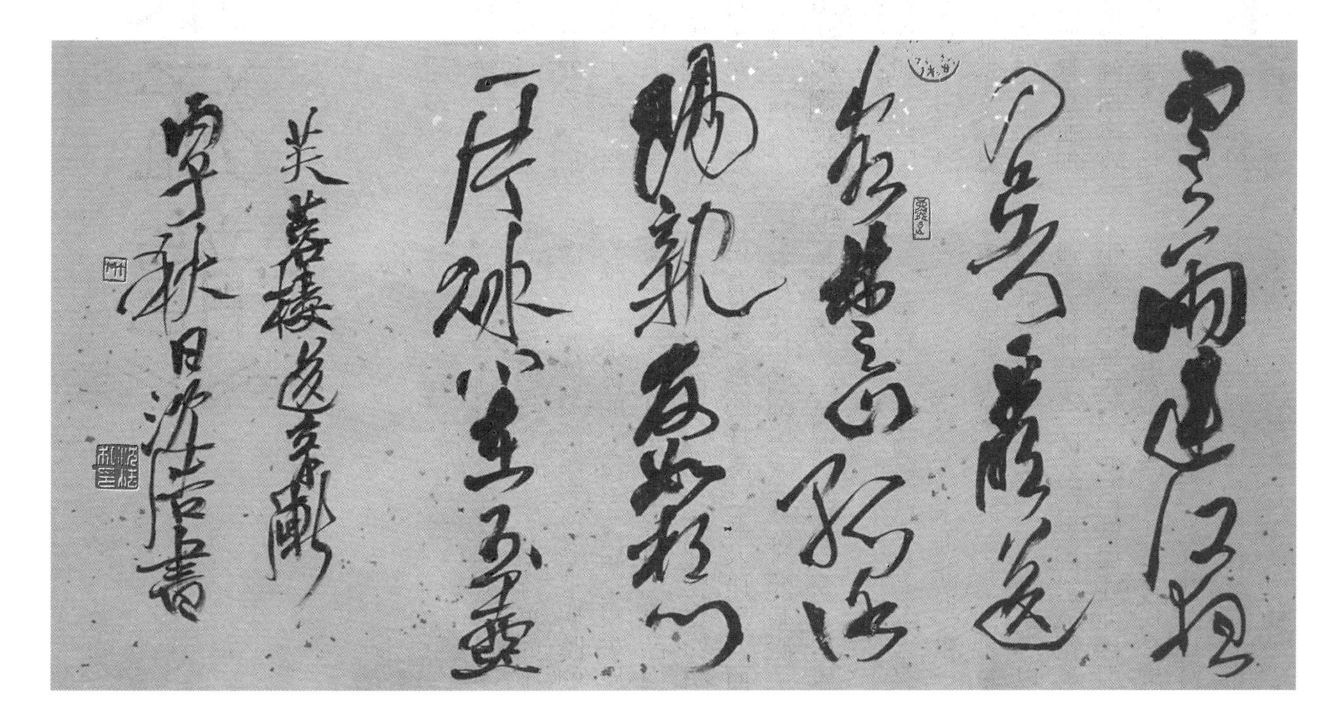

龐國鍾與《張猛龍》

□鄭榮明

龐國鍾二三十年的生涯，一心經營着他的黑白世界。為了純化自已的感覺和精力，他甚至疏遠了從小就喜愛也很具天分的繪畫事業，在寂寞的書法行旅中，他選擇了更為寂寞和枯燥的路程——十五年的主攻《張猛龍》。

對《張猛龍》的取法，龐國鍾一直有明晰的思路，即在形神兼取的基礎上挖掘別人沒能發現的內涵。他在徹底沉入《張猛龍》多年後終於發現，作為魏碑精品的《張猛龍》，不僅僅在於它的筆法之精、結構之奇，更在於它幾乎比所有的魏碑名品都典雅，是古樸、雄厚中的典雅；抓住『雅』進行形象塑造，或許正是實現自我價值的良途。這一發現，誘使他走上了『雅化』魏碑的艱難之路。

對雅化的認定，使龐國鍾反過來重視《張猛龍》，並果斷地對《張猛龍》進行了改造：用筆上強調鋪毫的內力，抑制筆法上的『火氣』；結體上則採用減小橫畫斜度與適度將字形長態縮短的方法，力求除去原碑略帶『瘦寒』的習氣。這一改造，『雅』氣頓生，清新撲面。同時，圍繞『雅化』，在横向上他拈出了《石門銘》《論經書詩》，從它們那裏充分體悟與『雅』一脈相承的『奇逸』之氣；他還沉人《嵩高靈廟碑》《始平公》，從它們的方整、古樸中為『雅』質增加一些陽剛之氣。縱向上，他將漢隸中《張遷》《西狹》的樸厚、自然，一並納入『雅化』的視角，而且更以《張遷》《西狹》為契機，捕捉《張猛龍》的隸意並加以表現。如此種種，使龐國鍾由專攻轉為博取，並將二者良好地結合起來了。

從他嶄露書壇至今，我們可以明顯地看到他的『三級跳』：入選三、四屆全國書展的作品，《張猛龍》的面貌雖很直觀，但作品中跳蕩的雅潔之氣和濃濃的隸意已是很明瞭的『雅化』追求的表現；五屆全國書展獲獎的作品，是明顯的轉折，作品中古樸、雅緻而又雄強、飛揚的格調，昭示着龐國鍾的探求已漸入佳境；而近期的作品，則着意在『雅』的基礎上追求『奇古』，希圖寫出雄、奇、古、雅的綜合境界。

應該說，龐國鍾已經是成功者。古人云：『學書必博采而兼取，主一家以為體，乃能成其妙。』(清陳奕禧《隱綠軒題跋》)又云：『古人作書，以通身精神赴之，故能名家；後人視為小技，不專不精，無怪其鹵莽而滅裂也。』(清王宗炎《論書法》)當代書壇那些浮躁的人們，是否也可以從龐國鍾的書法歷程中得到一些有益的啟示呢？

姑射仙人陵虛步月
玉京道子拂石為雲

於茲而美祖晉寧建寧二郡太守龍將軍
寧州刺史孝龍驤輔國將軍八郡監軍晉
寧建寧二郡太守追謚

隸書《康南海月夜過黃埔》(局部)

左夫篆刻遺作選刊

——謹以此專欄紀念著名篆刻家陳左夫先生

陳左夫（一九一二——一九九九）名浩然，江蘇啟東人。三十年代畢業於復旦大學，中歲以後定居杭州。生前為中國書協會員、西泠印社社員、浙江省書協顧問、省文史研究館館員。

人民十億

棗園

二泉映月（連款）

樓外樓

故死而不容自疏

八十年代

吉祥

重巒陽明山

惟留一湖水

倒海翻江捲巨瀾（連款）

軒亭口

張世簡及其張派花鳥畫

□孫美蘭

偶然的機緣，有幸走入世簡畫室。畫室兼客廳，大約是中年早度的畫家們可能擁有的格局。畫案以及案上筆掛、色盤，以巨大張力排列着，將客座推向入門一角。『促膝而談』，成為畫室空間『侵犯者』的最佳選擇——也許，是為了筆墨縱橫，是為了珍惜藝術思維內外交流，自然地形成世簡畫室這個有趣的排比吧。

張世簡花鳥畫，是脫離了盲目性正在趨向成熟的藝術。他那枝看似拙澀的畫筆，當功力和靈感結緣時，隨即輕鬆地寫出可觀可賞的精品；卻也不時袒露尚待提煉、未能盡如人意的墨痕。他正在『拳練千遍』中完善着自己。只要看看成摞、成堆、成系統的厚部頭本本——可稱之為『花鳥四寫大全』吧，（葉淺予大師倡導『寫生、速寫、摹寫、默寫』）——我從中掂量出一個畫家『地下工作』的分量；揣測着練丹青、練氣韻、求取生動『真境』的艱辛和那深藏心底的熱能與潛力。

世簡生長在江南風景清幽的魚米蓮荷之鄉——浙江浦江縣東鄉，『代有才人出』的禮張村。堂兄張書旂是三十至四十年代傑出的花鳥畫家。叔父張振鐸是當今中國畫壇有成就的花鳥名家。世簡童年耳濡目染，初入門徑之時，較他年長二十五歲的張書旂先生已受聘為中央大學藝術系教授。世簡珍藏至今半個世紀的書旂小品是張教授當面示範之作。這對當時的張世簡來說，不知蘊含著多少豐富的靈啟和難忘的『真傳』之誼。張書旂生前多次將自己的畫冊、新近出版物以及在美國印行的創意花鳥賀卡寄給世簡弟，供其承傳、創新、參照之用，寄予殷切期待。張世簡得窺張派真傳花鳥的神髓，不是偶然的。

張書旂作為三十至四十年代中國花鳥畫領袖人物之一，作為當時一個新興花鳥畫派的首創者，給予年輕的世簡以『真傳』，其實不局限於他的小寫意花鳥品類和觀照自然的會心；也不局限於他的用色之妙、筆墨技法和藝術語言特點本身。重要的在於他藝術氣度、胸襟的開放性，在於他畫派觀念的高超灑脫。對於後來人，張書旂主張不要單學他一家，他鼓勵世簡投考浙江美院，從師潘天壽、吳茀之二大家，以其所長，補己不足。二師獨闢蹊徑的精神，於傳統花鳥的獨出造詣，擴展了年輕人的審美胸襟和眼界，充實了他的精神素養，播下了熱愛自己民族藝術的種子，使他日後雖飽經磨礪、風雨滄桑、千折百回，而始終自恃。七十至八十年代之交，他終於站到了正式承傳張派花鳥藝術的轉捩點上，成為四十年代末、五十年代初、新葩晚綻的后勁者。從此，『秀潤有之，雄偉不足』的張書旂翎毛花卉，開始被自覺地融入潘、吳藝風。通過張世簡個性氣質的多棱鏡，圍繞張派真傳這個聚焦點，向着四面八方作輻射性探索，呈現出較比自己的前輩平易和煦，以求雅俗共賞的風貌。今天，他正在繼續向着爽利大氣的高格調、高品味，向着新的精神境界試探求進。

世簡花鳥接續與變通張派藝術的自覺從以下幾方面可以領略到。

墨分五彩，彩分五色，交相雜揉。張書旂花鳥藝術脫胎於任伯年，其獨造自創，在於『以白代墨、以粉代彩』。國畫的沒骨法與西畫的水彩、水粉法相交融，筆筆落在仿古宣或淺赭、淺灰、淺青紙底上，一片東方式的恬靜秀美。他筆下的白孔雀，富麗典雅，雍容華貴之極，評家歎為觀止。其畫作情感意蘊熱烈含蓄，惜於氣勢有所不足。張世簡依據個人志趣性格所向，順應時代生活的變遷演進，其花鳥以墨分五彩為主，施以強烈鮮明之五色，白粉偶亦襲用之。借潘師大開大合之法，錯綜佈勢，強化了張派真傳『鳥欲言、花欲語』的情態意態。他筆下的《荷花》《喜上眉梢》等都屬墨彩雜揉、情態意態生動，開合得勢之作。

行草入畫，來去縱橫。張書旂花鳥藝術，用筆善以逆鋒出之，緩去急回。張世簡花鳥藝術，以行草入畫，焦墨渴筆、淡墨餘色，縱橫來去，齊與不齊，亂而有序相錯雜。天地間充滿着動的韻律，生之歡樂，自在之美一掃哀情，如《蝴蝶蘭》等，呈現出爽朗樂觀、無為而為的氣質個性。

純熟返生，妙悟方來。現代西方世界造型理論的一個重要發現，在於充分認識和肯定了傳統圖式與創造的血緣關係。中國造型史上，擁有那麼多豐富而嚴整超凡的圖式，對於中國畫家來說，這無疑是一個取之不盡、用之不竭的學習源泉。當中國畫壇於傳統圖式談虎色變之時，張世簡却早在那里『笨鳥先飛』。無論製作細筆幻燈片，無論身在幹校，打猪草、養鴨子，總是不忘情於寫意花鳥。三十多年間，利用業餘時間鍥而不舍，緊緊把握着傳統花鳥的圖式下苦功夫。成百上千的——格局與整體的——單項與綜合的——分類與條理化的……大量綫描、彩繪、水墨、鉛筆的花鳥造型、結構圖式和他大量的鳥、禽、蟲、魚、花卉寫生比肩媲美。這纔為近十年專業化時期打下根基，走上『純熟返生、妙悟方來』的創新之途。

願張世簡的花鳥畫和他走過的道路能成為張派花鳥藝術回顧前瞻的新起點，同時又可能帶來令人深思、尋找未來的信息。

（本文因版面所限，刪去了部分文字，題目爲編者所加。）

張世簡，一九二六年一月出生於素有畫家之鄉美稱的浙江省浦江縣禮張村。

張世簡現爲中國書畫函授大學教授兼國畫部主任，中央工藝美術學院副教授，中國美術家協會會員，中央文史研究館館員，張書旂藝術研究會名譽會長，國際文人畫家聯誼會常務理事，中央書畫院名譽副院長等。

張世簡
南風拂處彩蝶忙

張世簡
十里荷花清露香

張世簡
解饞畫得幾枝嘗

張世簡
喜上眉梢好春光

融進新法 拓展傳統

——讀金鴻鈞的工筆花鳥畫

□邵大箴

在中國畫的創作中，人物、山水、花鳥，我以為花鳥最難；而在花鳥中又以工筆花鳥為最難。所謂難，是說要畫出新意來難。因為花鳥畫受到的限制比人物、山水多，傳統工筆花鳥畫較為嚴格的規範對作者也自然形成一種束縛的力量，要突破它很不容易。雖然工筆花鳥畫革新有這樣的難處，但新時期以來，還是湧現出一批中青年畫家，在這個領域內有所開拓，有所突破。我注意到，在工筆花鳥領域，也和中國畫其他領域一樣，基本上是沿着兩條不同的路子往革新的方面走：一條是在深入發掘傳統、發揮傳統精華的基礎上，適當融進西法，走以古開今、拓展傳統的道路；另一條是主要借鑑西方藝術特別是西方現代藝術經驗，用『背離傳統』的方法，創造新的境界。

在工筆花鳥畫革新方面有所開拓和突破的中年畫家金鴻鈞（愛新覺羅·鴻鈞），我把他歸入拓展傳統派或以古開今派。我之所以這樣說，不只是因為他的傳統功夫深，在領會傳統工筆花鳥畫的精神上有過人之處，還因為他在發掘、發揚傳統的同時，敢於和善於吸收西洋畫長處，以補充傳統的不足，來增強工筆花鳥畫的藝術表現力。即使在傳統領域，他也摸索着把寫意畫的某些方法借用到工筆中來，使工筆重彩的藝術手段更為豐富多樣。這樣說來，金鴻鈞的創造在傳統派或以古開今派中是比較典型和突出的一位，是頗有膽識和見解的一位。這種尊重傳統而不拘泥於傳統法則和模式的做法，實際上是發揮傳統的最好方法。

鴻鈞受過系統的現代美術教育訓練。早在初中時期就得到畫家鄭宗鋆的啟蒙，後來又在中央美術學院附中學習素描、色彩和構圖等基礎課程。在中央美術學院中國畫系五年的學習中，得到名師葉淺予、蔣兆和、李可染、李苦禪等老師的指導。入花鳥畫科後，又師事田世光、俞致貞、郭味蕖等名家。他是美院花鳥科的第一屆畢業生。他受到的既全面又高度專業化的教育，使他獲得多方面的藝術修養，重點在工筆花鳥，視野在整個中國畫領域，在世界美術的縱橫大局。基礎寬而厚為鴻鈞的創新準備了條

件。我們看到，他作品中花鳥樹石堅實的造型和可以感知的體感、質感、光感和空間層次感得益於長期的素描訓練；他的虛實背景空間處理，來源於他的寫意山水畫的修養；他還巧妙地利用西畫的黑白、明暗過渡和對比法來襯托畫面的主體。鴻鈞在傳統工筆中揉合了西洋素描造型，從而保持和發展了傳統工筆的寫真美，使工筆寫真別開蹊徑。

鴻鈞的創造性還表現在色彩和構圖上。他努力避免傳統工筆色彩的單一性和模式化。八十年代以來，他嘗試吸收西洋畫的用色法，以統一色調來處理畫面，以達到統一和諧之美，並有利於意境的渲染。如《生生不已》中樹葉的紫色調，《榕根》中綠色調和《花瀑》中粉紅色調的運用，都屬於這一類。在需要色彩對比時，他也用得果斷和大膽，在大面積諧調的色塊中通過色彩的反差來突出主體，突出中心。如在大面積紫調子中用少量米黃，大面積黃中用少量紫等等，這常常用在花瓣與花蕊的色彩變化之中。他不時用冷暖對比以加強色彩的豐富性。《生生不已》樹幹的不同部位分別用藍、紫和赭紫色，畫面上部紫色葉的尖部敷以紅色，下部葉子較乾，便在紫色與黃色中找細緻微妙的變化，使畫面呈現出色彩的冷暖關係而更添生氣。在色彩運用上借用油畫的方法還表現在他在粉質色、石色與水色的運用上。他的作品的底色多用透明水色，前部主體多用石色、粉質色，以使主體突顯，加強空間層次和縱深感。他在畫面處理上常常運用色度的反差，增加色彩效果，開闊意境，如在《牽牛》中，前景花卉用色度純的色彩，背景則用色度灰的色彩。鴻鈞的構圖越來越大膽，他往往取物象的片斷組成畫面，在不全中求全，用擴大細部的方法加強視覺效果和畫面張力。有時，他有意識地強化綫和色彩塊面的相互襯托作用。在不少構圖中，他通過強化樹幹樹枝的勢，賦予畫面更多的起伏感和感情因素。前面說過，他融合寫意山水於花鳥畫創作的嘗試，也使他的構圖令人耳目一新。值得提起的是，鴻鈞融合中西、融合山水與花鳥的藝術實踐，做得很自然。通過長期實踐，他已經得心應手地融傳統與新法為一體，形成自己獨立的風格。在他的筆下，不論傳統技法還是西洋畫法都服從於他創造的新意境。

鴻鈞能取得今天這樣的成就。我覺得，除了他的基礎全面紮實外，能夠沉下心來幾十年如一日地鑽研藝術是一個主要原因。工筆花鳥畫是技藝性很強的藝術，它的藝術性往往通過技藝表現出來。不少人往往既對繁複的程式化技藝望而生畏，又對新技藝缺乏興趣，不去試驗。不入虎穴焉得虎子！不是長期不厭其煩地結合研究傳統和研究自然來研究技藝，何以能得藝術創造之真諦？從六十年代末我結識鴻鈞以來，有十多年的時間住在同一個院子裏，可謂朝夕相處，深知他研究工筆花鳥技法所付出的艱辛勞動。他把技巧、技藝視作藝術創造的重要手段。他一步步地解決每一個細緻的課題，從吸收傳統到融合西法，到繪畫的意境創造。有這樣的勞動獻身精神，還有他在大自然面前的虔誠和謙虛，加之他在藝術變革的現實中所表現的機智，勇氣和膽識，他的融進新法拓展傳統的藝術創造自然日漸成熟，越來越受到人們的關注，從而成為當代工筆花鳥畫壇的重要畫家。我相信，鴻鈞的藝術還會有新的進展，因為他在藝術上不是一個自我滿足的人。

金鴻鈞（又名愛新覺羅・鴻鈞）一九三七年九月生於北京市。係中央美術學院教授，曾任中國畫系花鳥畫室主任。現爲中國美術家協會會員、中國文聯牡丹藝術研究會副會長、北京工筆重彩畫會副會長、中國少數民族美術促進會常務理事、中國工筆畫學會常務理事等。

金鴻鈞
花瀑
66 × 66cm

金鴻鈞
蝶舞
65 × 65cm

金鴻鈞
榕根
115 × 129cm

金鴻鈞
生生不已
115 × 140cm

金鴻鈞
紅楓繡眼
45 × 69cm

金鴻鈞
牡丹蛺蝶
69 × 45cm

金鴻鈞　牽牛文禽　115 × 129cm

蒲華作品選刊

傲霜紅梅圖軸

四季平安圖軸

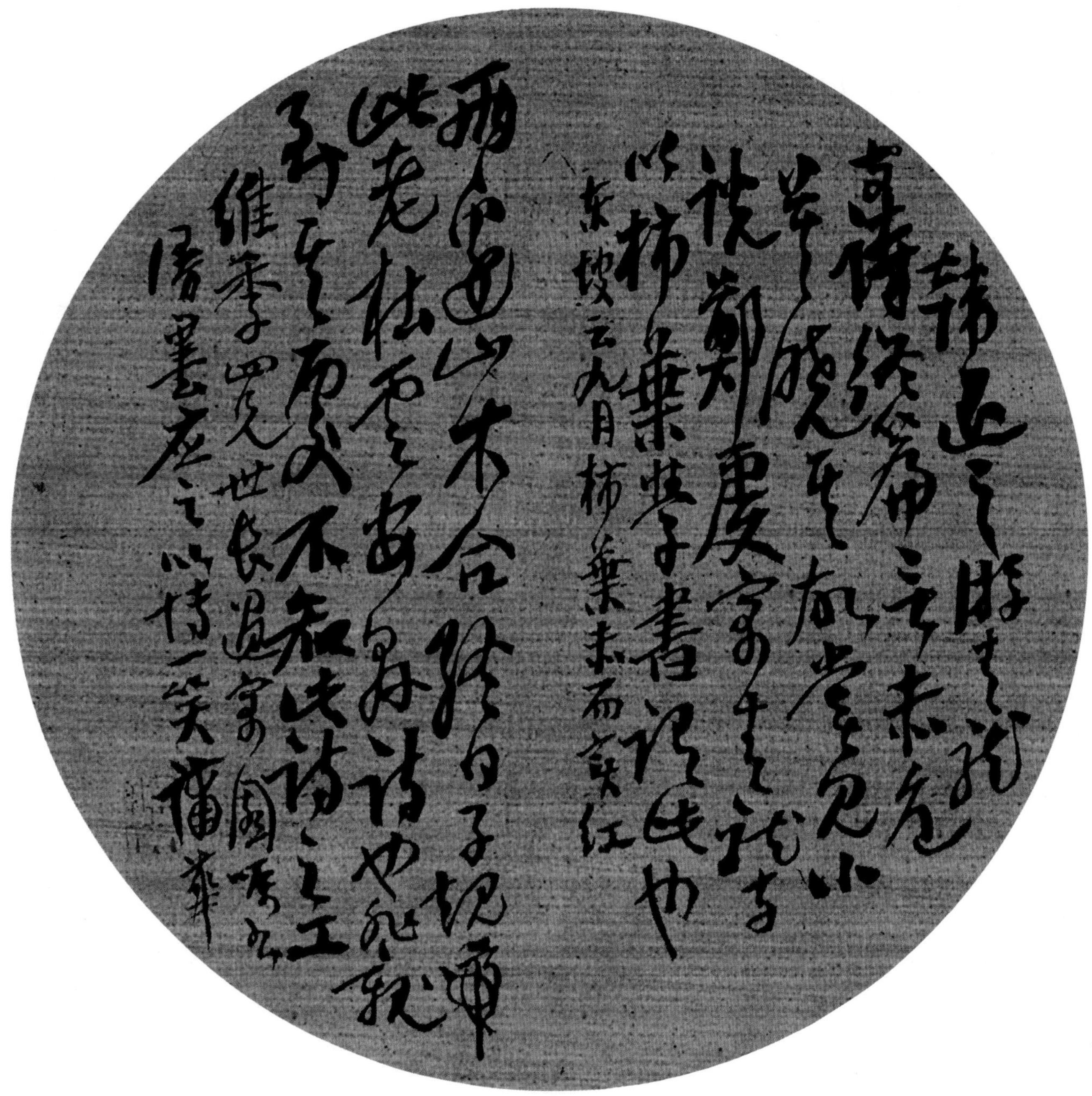

草書團扇

武曾保作品欣賞

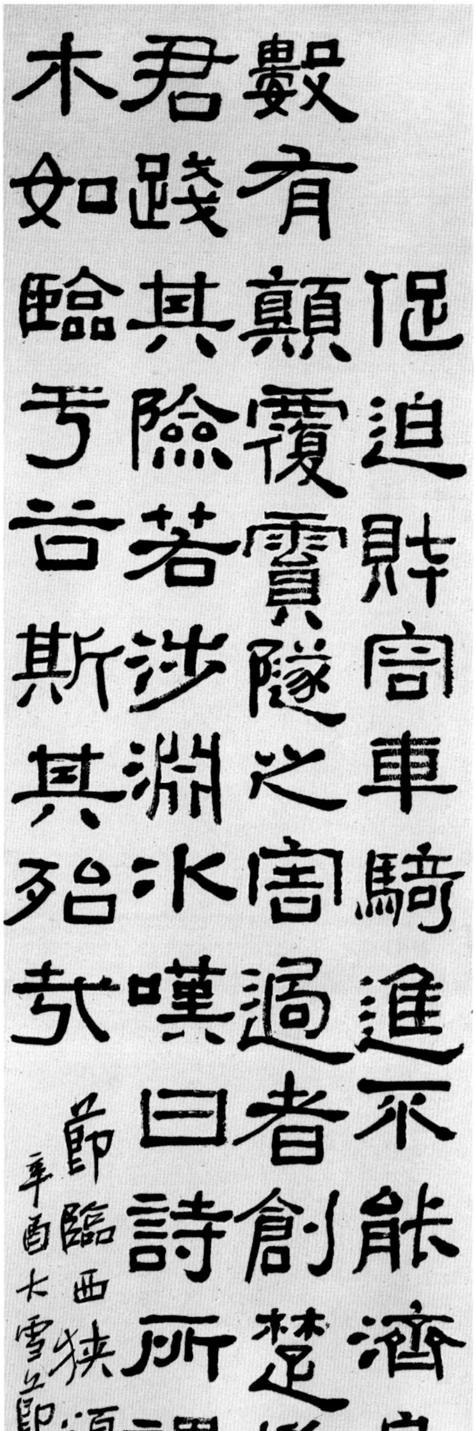

武曾保（一八六七——一九四五）號苦禪，別署考焦山人。杭州人，久寓淮上，晚歲歸居杭州。清光緒間浙江鄉闈副榜。武氏早歲作品似受海派影響，間露媚姿秀態，亦不乏清潤華滋之作。至晚歲，氣度大增，時人以其似缶翁，實非然。與缶翁比，武氏應為歧途逸駿。所作粗筆設色花卉，筆致老辣，着色大膽而簡約，不拘成法，小品巨製皆格高味醇。尤可稱者，其構圖奇特多變，或飽滿充盈而無窒息之弊；或蕭疏清朗而無松散之嫌，雖一人所作而奇趣各異。其用筆變化之隨意高妙亦時人所未能者。武氏於書法亦極具功力，八分書、行草皆臻妙境。其稍遜缶翁輩者藝名耳，亦為地域環境之別、性情學養之異所宥，非人意所能達者也。玆選刊武氏作品四幀，以饗讀者。（定齋）

隸書軸（節臨西狹頌）

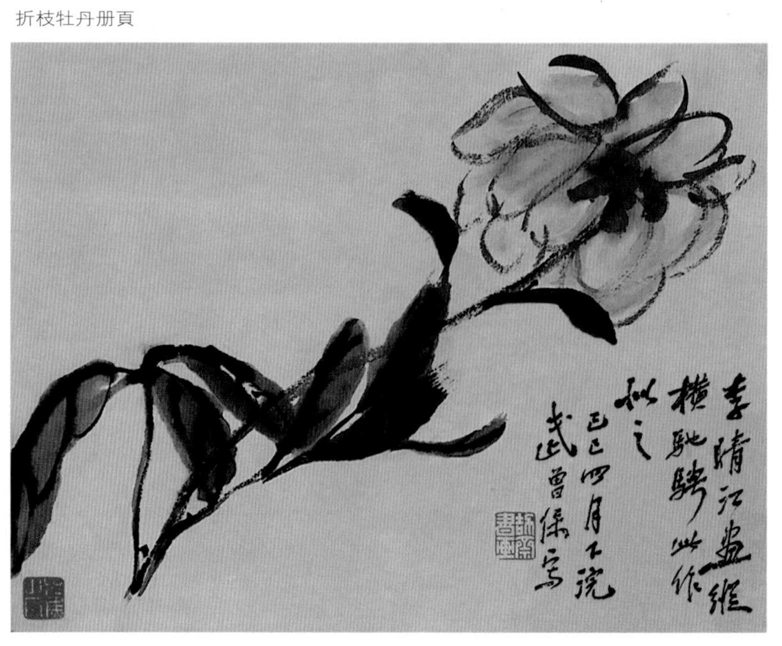

折枝牡丹册頁

設色牡丹圖軸

彩墨荷花圖軸

陳鴻壽設色花卉册之一

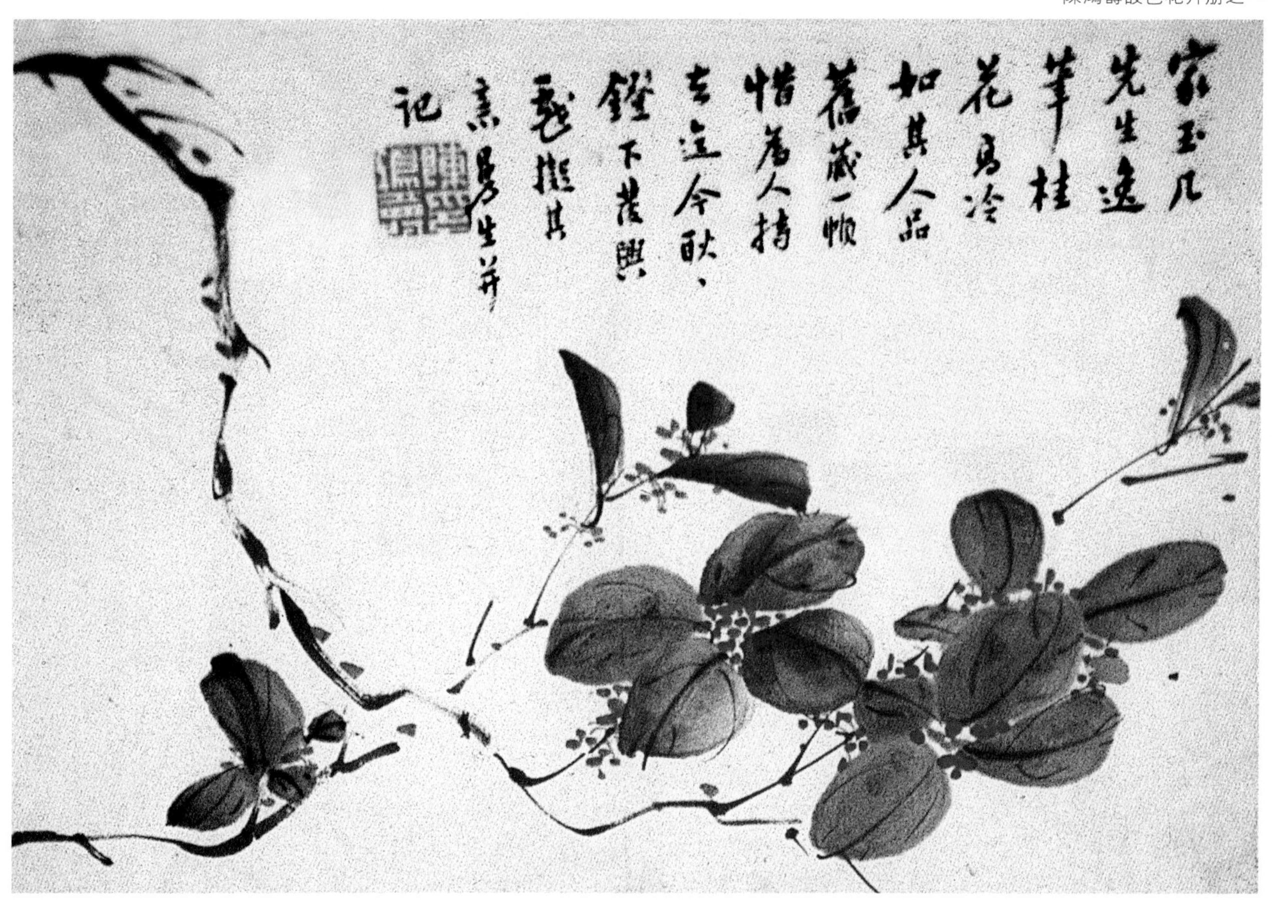

陳鴻壽設色花卉册之二

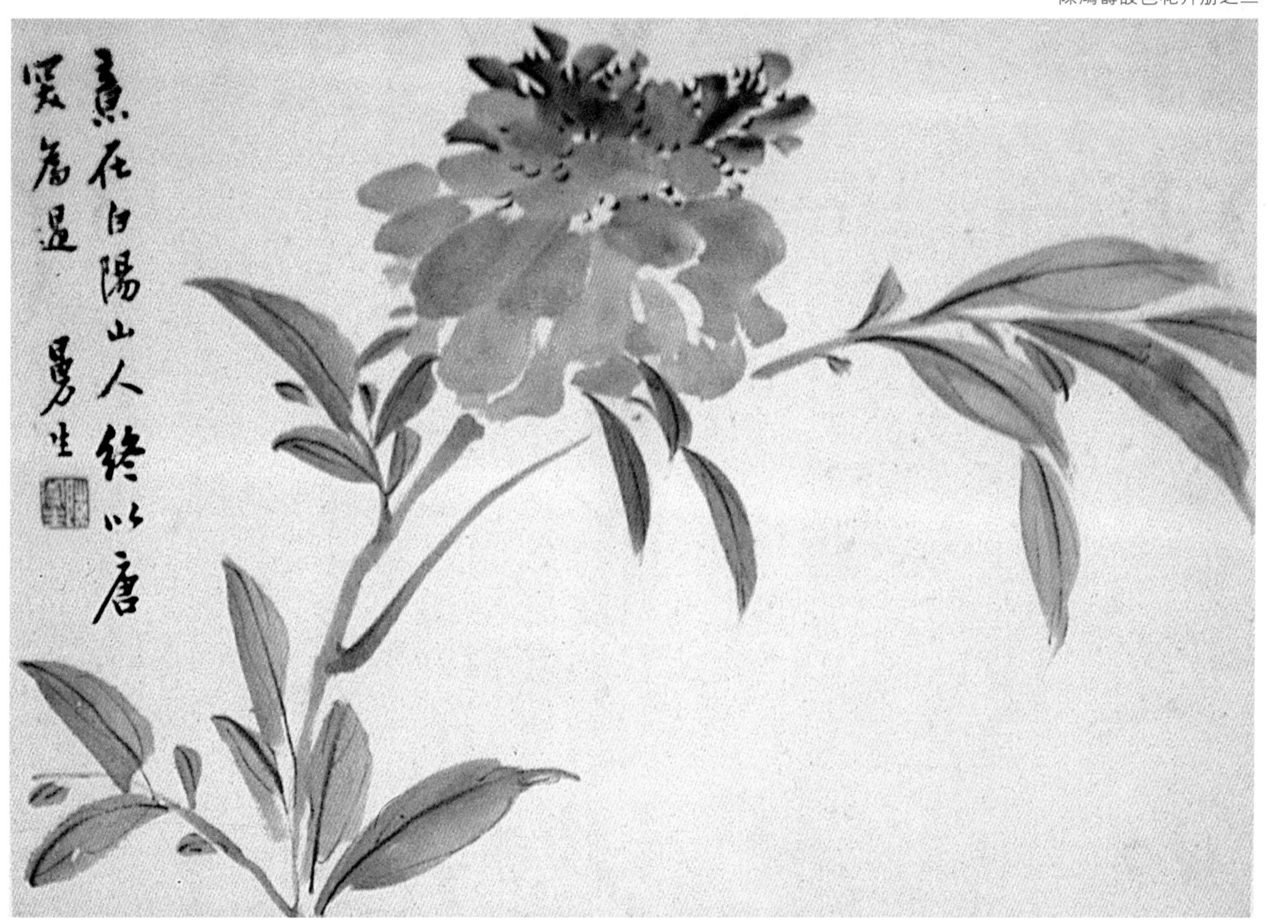

陳鴻壽設色花卉册之三

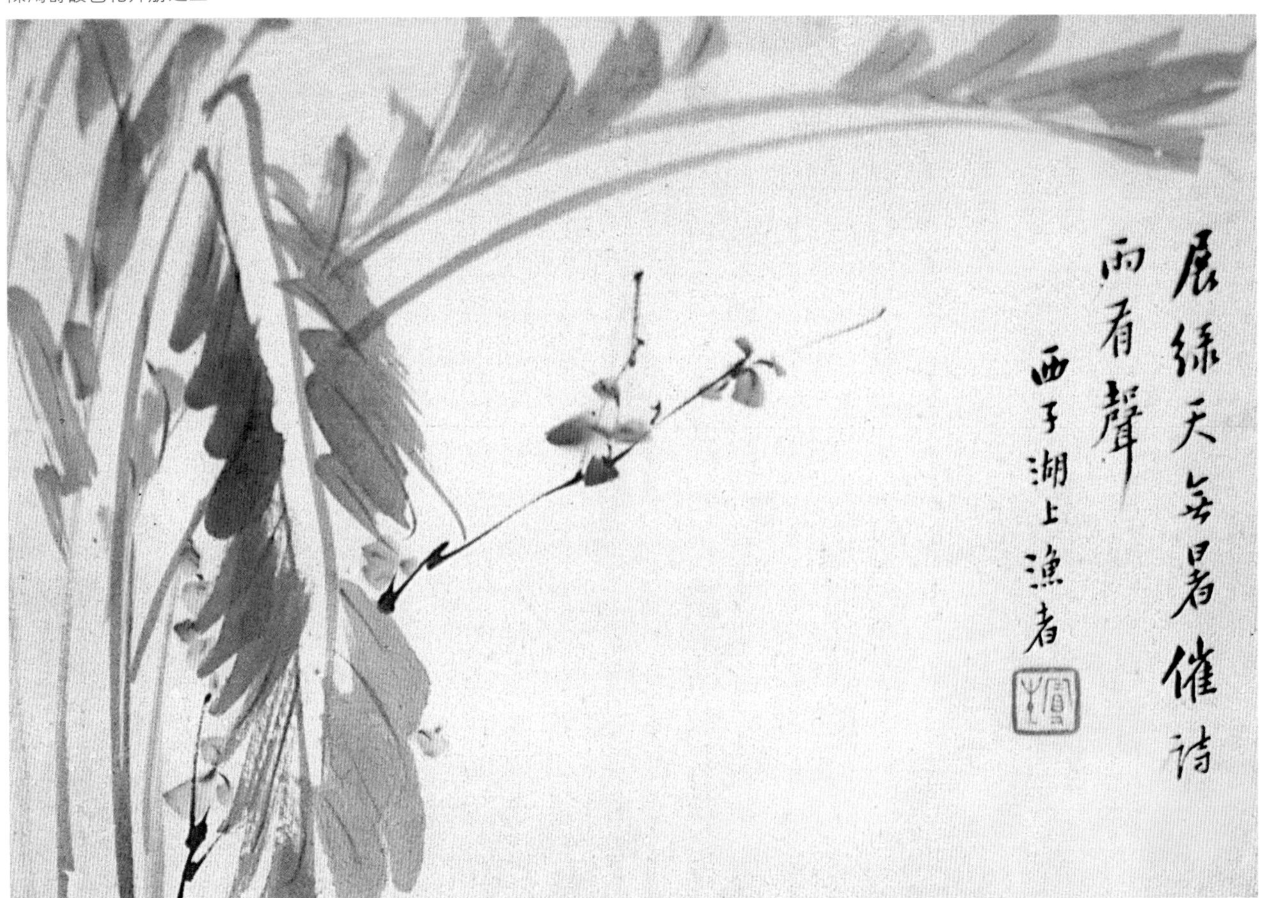

陳鴻壽設色花卉册之四

陳鴻壽設色花卉册之五

陳鴻壽設色花卉册之六

陳鴻壽設色花卉册之七

陳鴻壽設色花卉册之八

陳鴻壽設色花卉册之九

陳鴻壽設色花卉册之十

陳鴻壽設色花卉册之十一

清游者泉靜妙者蓮為君子
壽日利大年
曼生

陳鴻壽設色花卉册之十二

霜葉紅于二月花
嘉慶壬申三月画於
連理館 陳鴻壽

胡壽榮國畫藝術

□馮遠

菜園連環畫之一

菜園連環畫之二

從嚴格意義上的專業角度來説，胡壽榮藝術實踐的軌跡起始於他在學院中國畫系修讀浙派水墨人物畫的專業基礎。其紮實的造型能力，通過富有韻味，精緻考究的筆墨創作的連環畫，已經具有較好的藝術品味。畢業創作階段正是進入了他作品的藍色時期， 用花青，普藍，鈷藍色代墨，以雲貴民族風情題材略帶裝飾趣味風格，在當時的應屆畢業作品展上形成了別樣的視覺效果。九十年代初期的水墨人物變體系列作品，除因教學示範要求仍保持專業教學的基本特徵外，赴西德柏林、漢堡、科隆和英倫曼徹斯特等地展出的《抽象系列》，則顯現出他變化較大的一步。這些抽象彩墨作品具有很强的結構張力和視覺感應力，構圖飽滿，色彩鮮麗明快，墨色團塊筆觸的色階强弱交替和精雕細鑿的畫眼處形成鮮明對比；加之相應的粉質顏料厚著法，致使作品頗具形式意味。看得出，胡壽榮試圖運用中國材料，保持作品的東方韻致而神追西方現代抽象表現主義的形式語言。雖然這在藝術思想趨於活躍的同時代青年藝術家中不乏有相似的求新求變之風，但對胡壽榮來説，則是從傳統邁出的重要一步。

然而幾乎是在同時，胡壽榮又突然筆轉鋒迴，出人意料地推出一批工筆人物畫。其中尤以《迎風》爲代表。這批作品在香港、台北等地展出頗受青睞。看來胡壽榮是在兩種不同地域的文化之間尋找，把握，體悟不同的文化根脈及其藝術的表達方式。也許是出於深入研究兩種文化藝術的表現形式的雙向思考，九四年至九七年間，胡壽榮再推出大幅水墨畫《光明行》《一片丹心》等，這大約可以看作是作者建立在對當代繪畫形式研究基礎之上的一個輪迴式認識提升。作品中的造型更趨向寫意、表現特徵；筆墨的演繹方式也更趨率意暢達，作品內，表層結構方式也更趨形式化。九八年創作的彩墨人物、花鳥系列更是在東方現代式的水墨畫基礎上，大量採納了色彩。作品鎔寫實寫意、具象表現和抽象形式於一爐，筆墨仍保持了濃郁的東方意蘊，色彩爲畫面注入了生氣，引進了光亮，具象、非具象造型似與非似地訴諸形物，抽象結構支撑着形式框架，加之中國藝術特有的書法題跋和銘章，渾然一種新穎的繪畫面貌，一種『出自心靈需求，力圖與時代同步，構築體現當代精神的藝術表述方式』，『一種蒙養心智，從物我鍥合，自我反省，覺悟和理想追求中，擺脱了摹擬前人惡習的，狹隘單一再現的新型藝術圖式』。

正像那些天賦聰穎、感覺敏鋭、善於吸收他種藝術語言、手法與特質，畢業於八十年代中後期高等藝術院校的

迎風（工筆）

青年藝術家那樣，胡壽榮上承下啓，東西兼揉，認識、把握差異，進而導求彌補差異，不斷豐富完善自身藝術語言的方法和面貌，沉潛進入更深層次上的自我極致，這似乎是一切有爲的青年藝術家走向成熟的必經之路。

胡壽榮性表謙和、腼腆，內中却一任才情熾烈，幻想奇瑰。雖不善言辭，侃談起藝術來却神采煥然，血色充盈。他從貴州民族民間美術家庭走出，憑着布依人天性中對於美、善理想的追索之心進學堂開啓朦朧，復求學於民族大學藝術專業苦修藝理，再入浙江美術學院繼續深造。積步登高，未敢有懈怠，終以良好成績留校執掌教鞭。我還清楚地記得當年給他們帶課，去船廠體驗生活的情景，倏忽十多年過去了。胡壽榮業精於勤，于今實績燦然。當然，他和他的作品都還年青，還需要生活與藝術的錘煉和纍積，相信胡壽榮能够不斷讀書修習，拾遺補缺，向着既定的目標努力進取而不負衆望。

一九九九年三月於杭州

編者按：因版面所限，本文删減了一些文字，題目爲編者所加。

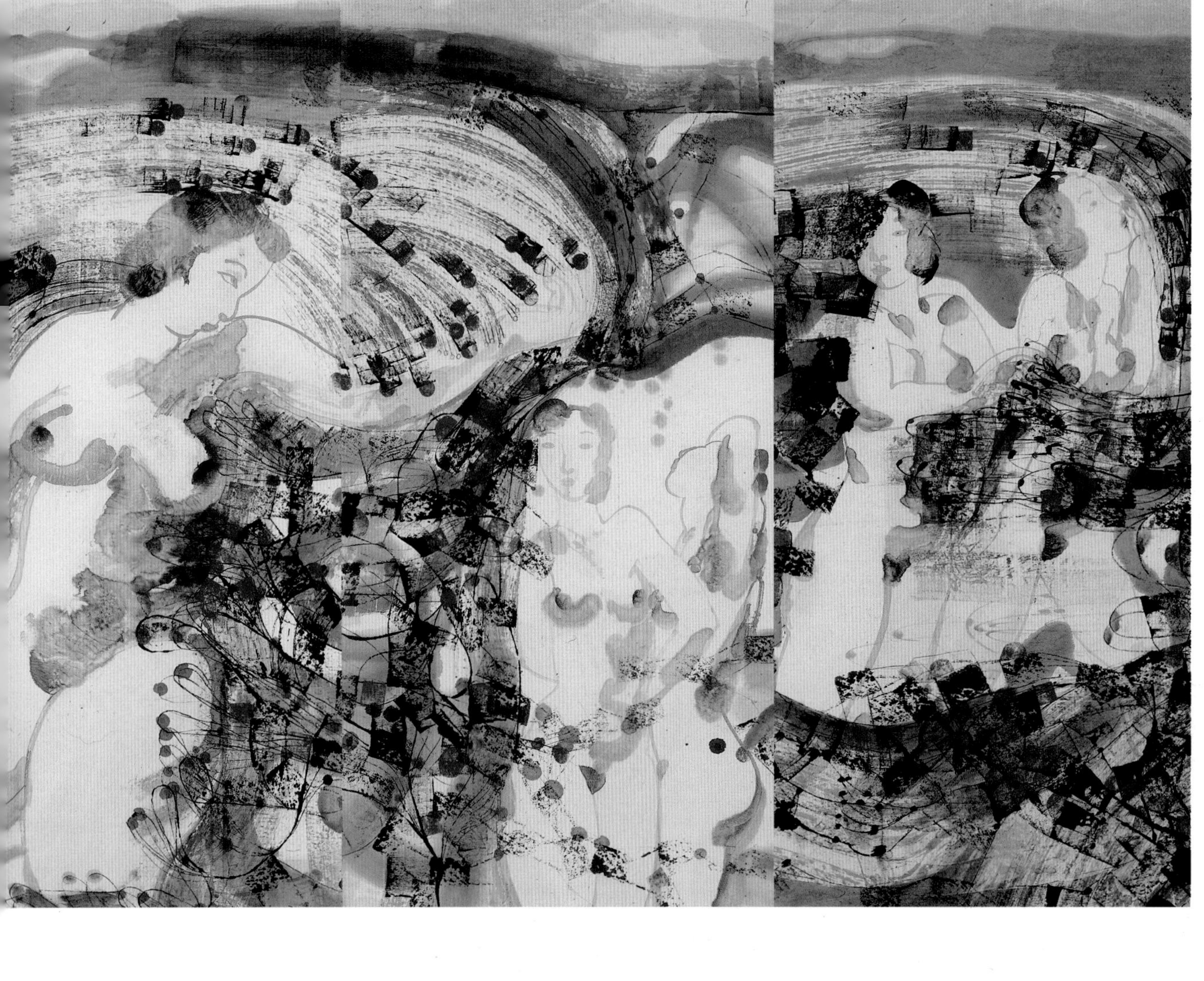

花卉（彩墨）

森林之歌（局部）

瓶花（彩墨）

緑野（彩墨）

讚美詩

天女

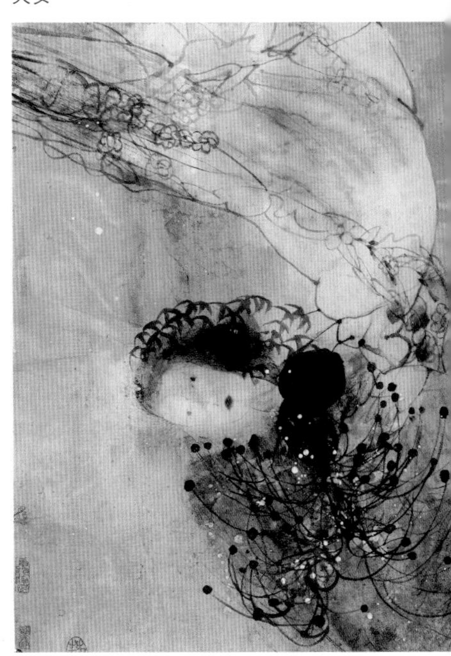

曾宓作品選刊

西藏寫生之一

叢林人家

釣罷歸來

竹林七賢

山色空濛

鳥聲人語

曲水流觴

西藏寫生之二

葉尚青詩書畫選

葉尚青，浙江玉環人，一九三〇年生。一九五九年畢業於浙江美術學院(現中國美術學院)後留校任教至今。擅長中國花鳥、人物畫，兼善指頭畫，並對書法、篆刻、詩詞、畫史均有研究。六十年代初，成爲中國畫大師潘天壽入室弟子。畫風氣勢開博，清新雋永。著有《中國美術名作欣賞》《花鳥畫基礎》《葉尚青畫集》《寫意花鳥畫譜》《葉尚青詩鈔》，另有《潘天壽論畫筆録》《中國花鳥畫演進史》等。現爲中國美術家協會會員、中國美術學院教授、西泠印社社員、中原書畫院首席名譽院長等。英國劍橋國際名人傳記中心授予『國際高級知識分子』稱號。其作品多次參加省、市和全國性畫展，有的選送日本、意大利、美國等十多個國家展出，有的被中外國家博物館收藏並獲獎。近年來應邀赴加拿大、新加坡、韓國、荷蘭、葡萄牙、法國舉辦個人畫展並訪問、考察，深得國際友人讚譽。

暗香

面壁鈍學
尚青自題

隸書·面壁鈍學

泰山觀日出

試上岱宗第一巔，朦朧曙色紫霞天。
天鷄啼破游子夢，噴薄金輪湧眼前。

映山紅

晴嵐開絳色，夕照挽長虹。
近水花又發，漫山映日紅。

雁蕩迎客僧

巨崖高萬丈，迎客披袈裟。
合十無貴賤，一例趙州茶。

遨游圖

鮮蔬

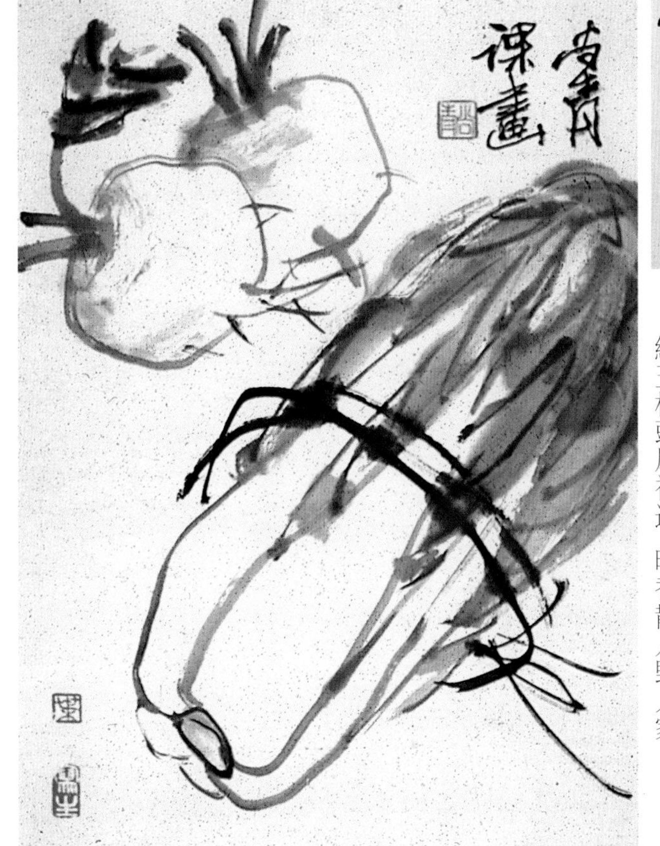

靈巖古寺

雁山勝處秀而奇，天柱巍巍展大旗。
古刹幽幽忘歲月，巖花灼灼映靈芝。
鐘鳴烟樹嵐光静，門掩雲山日色遲。
座上老僧吟興好，畫禪原是舊相知。

錦鷄峰

臨崖禽百囀，翹首錦鷄閑。
向晚禪鐘動，雲林一鳥還。

暗香圖

雲輕月淡霧如紗，一樹梅花疏影斜。
綴玉枝頭風初過，暗香散入野人家。

挺秀靜穆 疏宕遒勁

——胡钁的書法篆刻藝術

□童衍方

胡钁（一八四〇——一九一〇），字瞭鄰，瞭旻，號老鞠，又號晚翠亭長等。浙江崇德縣人。工詩、善書畫，尤精篆刻。其篆刻取法詔版、漢玉印，章法疏中有密，刀法挺秀遒勁，所作印文往往一反常法，朱文粗而白文細，面目特新。而其雙刀細白文印尤爲精到。著有《不波小泊吟草》《晚翠亭長印儲》等。

筆者藏胡钁所刻的『足好齋』朱文印，白芙蓉石。印高四釐米，印面三釐米見方，款曰『晚翠亭長』。此印用刀勁挺，輕重徐疾，富有變化。印面三字，左右借邊，下部也與印文相連，唯上部有一完整印邊。佈局看似平板，細審則韻味無窮。『足』字下部緊湊、『好』字的偏傍『女』的微微上翹，以及『齋』字上部的微妙變化和下部二橫的參差，都靜中見動，寓巧於拙。這些表現方法都是從詔版及漢鑿印中來，又完全體現其個人風格。前人云『善摹者，會其神，隨肖其形。』胡钁的作品顯示了他善取善用，食古能化的學習方法。

胡钁又擅刻竹木，是著名竹刻家，其所刻的竹木印，也一如刻石，極富金石韻味。筆者所藏的『城曲草堂』黄楊木朱文印，高六釐米，縱二·三釐米，横一·四釐米，款曰『庚子閏八月瞭旻』，時年胡钁六十一歲。此印章法妥貼自然，印面加十字欄的處理，使全印更爲緊湊。『城』字由右向左二小横畫的特殊變化，頗具隸書之筆意，並與左邊『草』字的衆多直畫形成對比。此外，『草』字直畫的高低參差及『曲』字、『堂』字的大小變化，均顯示了他佈局的精密和老到。此印以切刀爲之，長短、精細、輕重均使刀如筆，生動、准確而富有變化。此印若只看印蜕，其效果與石印完全一樣，很難看出是木印，由此可見其刻竹木印的高度技巧。

胡钁的書法也一如其印，端整遒麗，温雅静穆。筆者藏有胡钁小詩箋一張，詩寫在印有『甘露』磚文的色箋上。箋縱二十五釐米，横六·五釐米，詩曰：『相隔百餘里 相知二十年。南湖風雪冷，東道主人賢（承命小兒刻石賴以卒

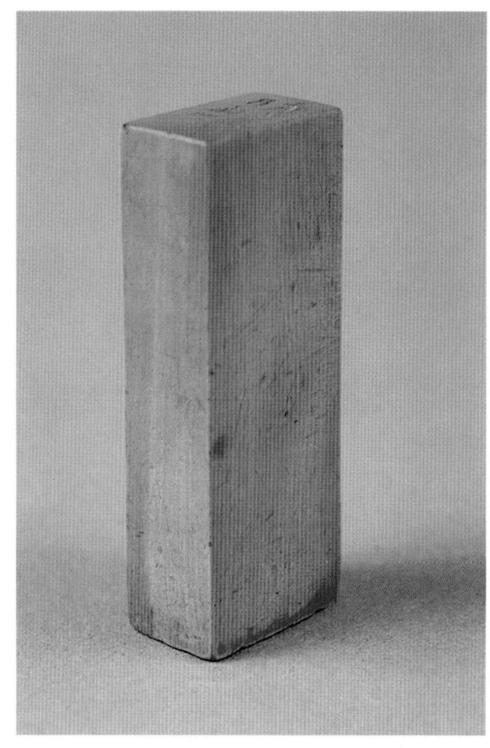

歲）。家計從新起，詩情依舊牽。卜鄰應許我，耐此歲寒天。』詩後跋：『乙巳冬杪移居郡城，小詩爲贈，乞璡軒老友有道先生教正，弟鑁未成草。』鈐『胡』朱文印一方。時年胡鑁六十六歲。據清張鳴珂《寒檢閣談世瑣録》吴受福的附記，這年，胡鑁已移居郡城蓮花橋畔了。

吴受福，字介兹，號璡軒，別署子梨，晋仙，苴珊，老芥等，浙江嘉興人，雅好書畫詩文，爲胡鑁好友。《寒松閣談藝瑣録》的跋文，即吴氏撰寫。文中言及他和胡鑁常與張鳴珂晤面，商榷，增補《談藝瑣録》内容等等。從詩箋中可知，吴受福既是胡鑁的書畫詩文摯友，在經濟上又時常接濟胡氏，因此，胡鑁對他的情感是很深的。

阮性山・梅花圖軸

馮 遠
唐人詩意圖

汪亞塵
濠梁知樂圖

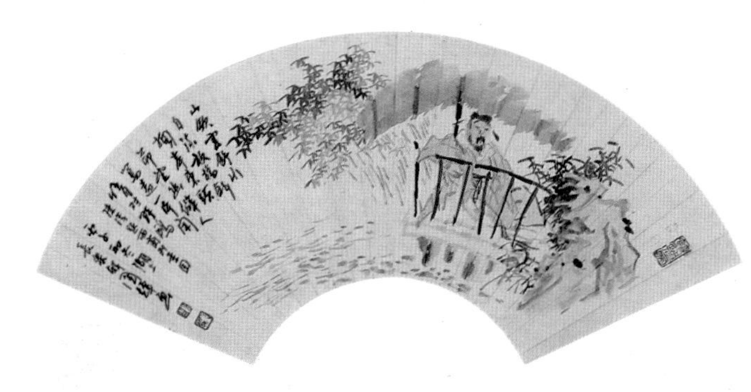

劉國輝 · 書畫合璧（扇頁）

張　熊
蔬菓春蠶圖

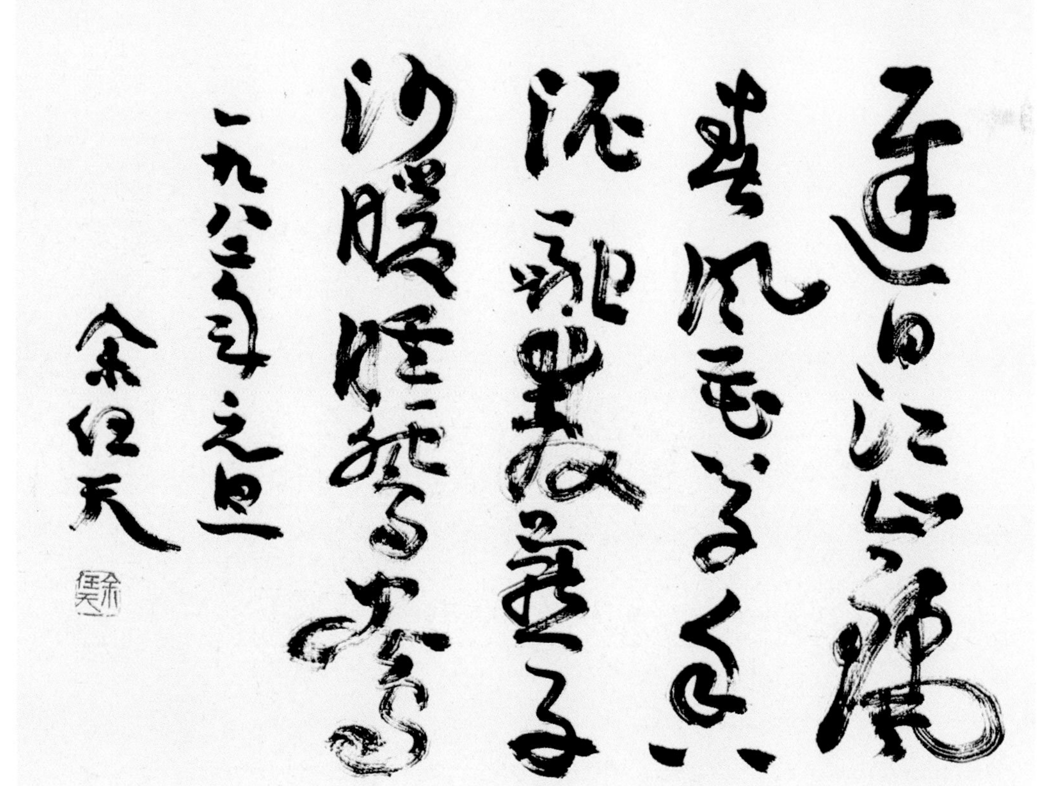

余任天
草書 · 唐詩
遲日江山麗
春風花草香
泥融雙(飛)燕子
沙暖睡鴛鴦

任預·山水册頁之一

任預·山水册頁之二

丁應昌・富貴長壽圖軸

仿董思翁半幅圖
癸未秋九月石門吳滔

吳伯滔・水墨山水軸

筱夔・瓶梅圖軸

胡公朔・淺絳山水軸

張書旂·秋菊雙禽圖軸

蔣風白·修竹圖軸

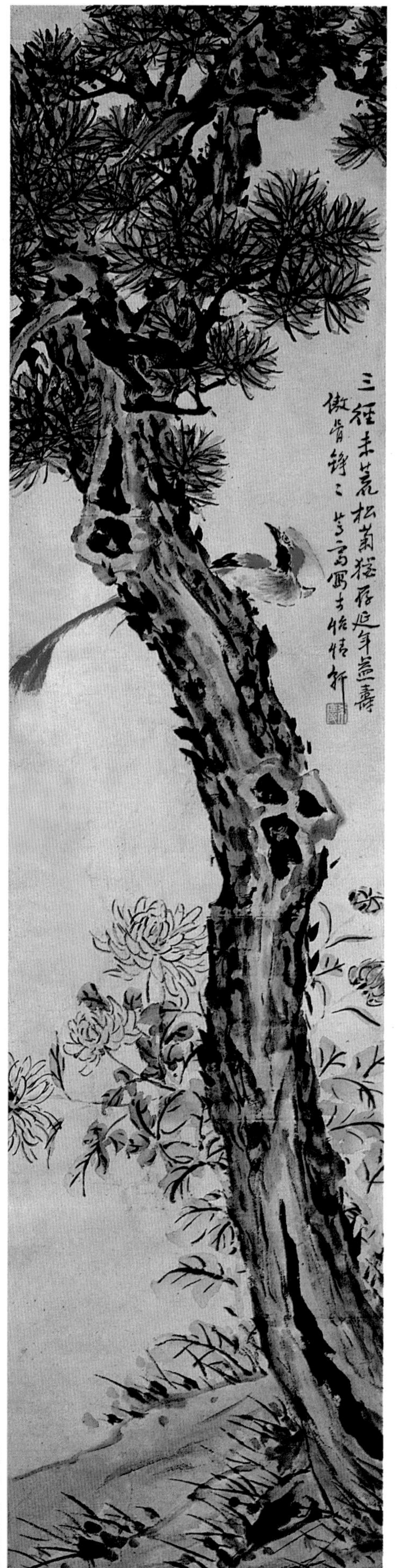

三徑未荒松菊猶存延年益壽
傲骨錚錚

高希慶·延年益壽圖軸

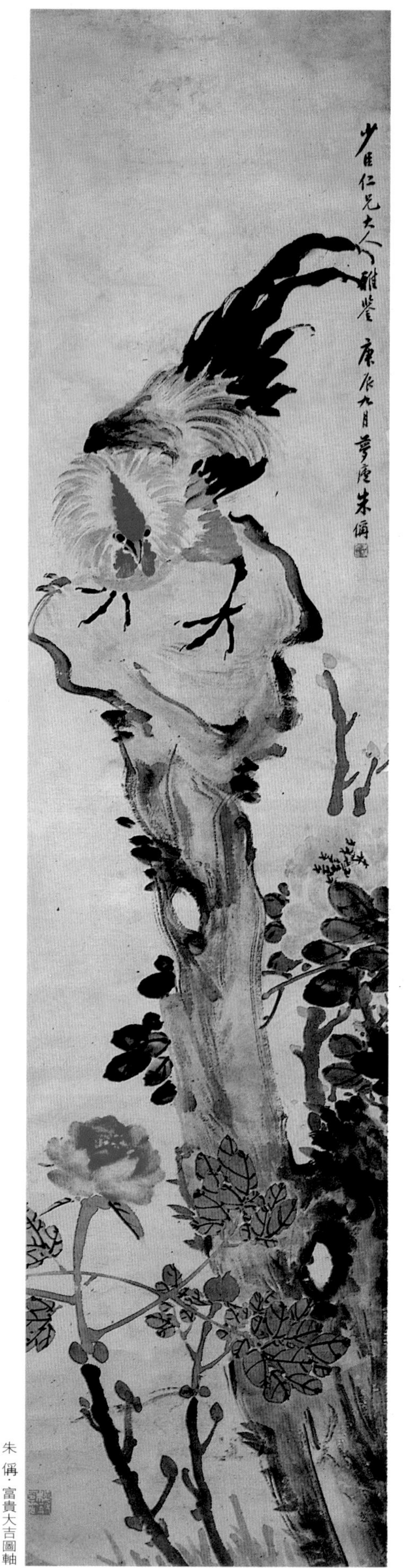

朱 偁·富貴大吉圖軸

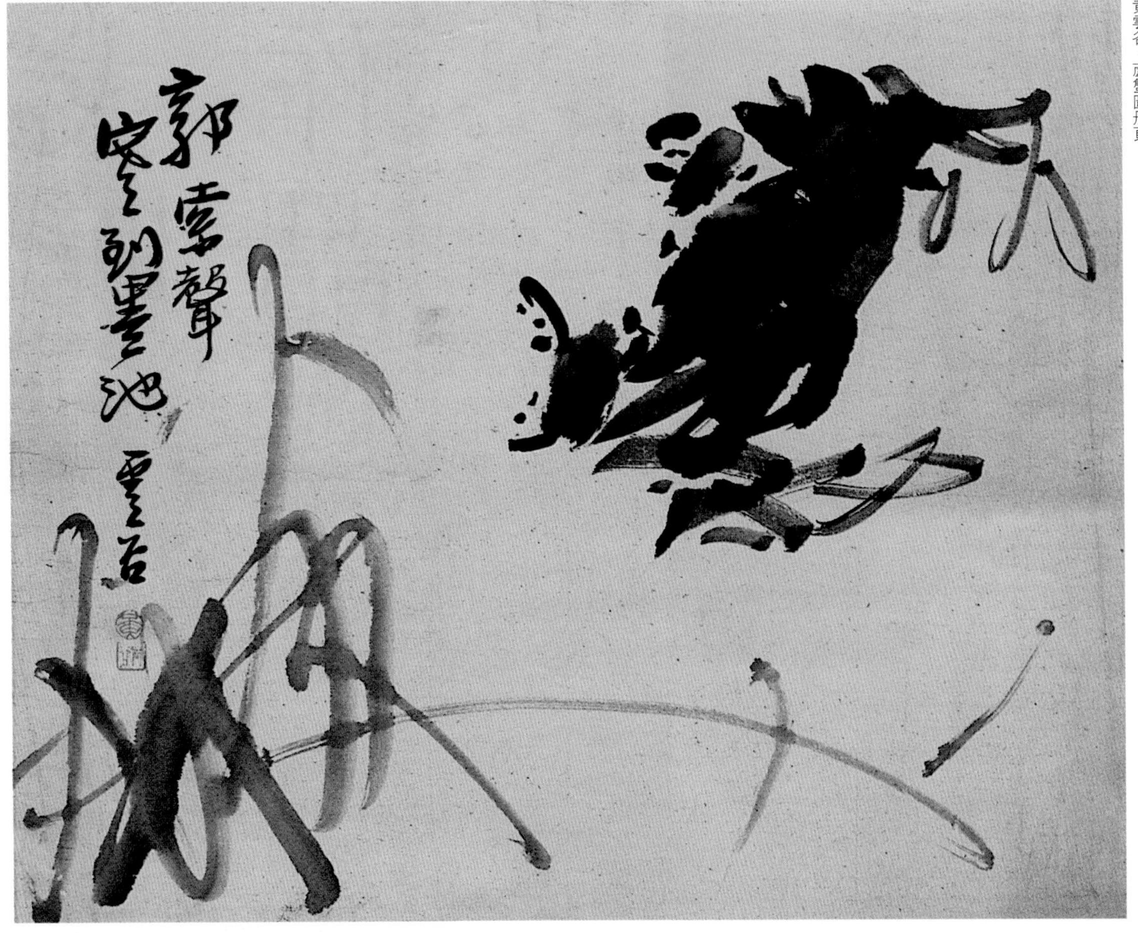

黃雲谷·蘆蟹圖冊頁

奚岡·水墨山水冊頁

戈曉湘國畫作品選

松蔭雙駿

春江水碧

戈曉湘，又名曉薌，男，一九六四年生於上海，現任職於浙江省糧油進出口公司。大專學歷。出身國畫世家。祖父戈湘嵐，善畫走獸聞名於世，尤以畫馬著稱；其父戈寶棟，六十年代畢業於浙江美院國畫系，為已故著名畫家諸樂三弟子。戈曉湘自幼受家庭環境薰陶，頗具藝術天賦，勤奮好學，不斷進取，繼承了先祖的繪畫風格，畫馬酷似乃祖。同時又注重吸收傳統養分，追求韓幹、李公麟、趙仲穆、郎世寧等的形意神韻。也善畫虎、羊等各類動物及魚蟲花鳥，形神兼備，生趣盎然。當今青年畫家之中，如此嚴謹執着、刻意求精者實不可多得，故其新作每每能引起書畫界有識之士的矚目。

（亦聞）

獨立長嘯

騰空駕雲

陳威遐
篆書對聯
竹影掃階塵不動
月輪穿沼水無痕

李鶴年
篆書中堂
垂緌飲清露流響出疏桐
居高聲自遠非是藉秋風

張曉東
君子之交淡如水

金曉萍
篆書對聯
詩眼巧安排又是一番紅紫
花面長依舊別來幾度春風

陳雲龍
大處著眼

趙梅生
時有山禽入樹來

崔傳福
山海經

鄭墨泉
道外無物

沈愛民
鐵大場周氏過眼

邵坦中
荷塘清趣

柴有爲
墨趣

童定家
肖形印

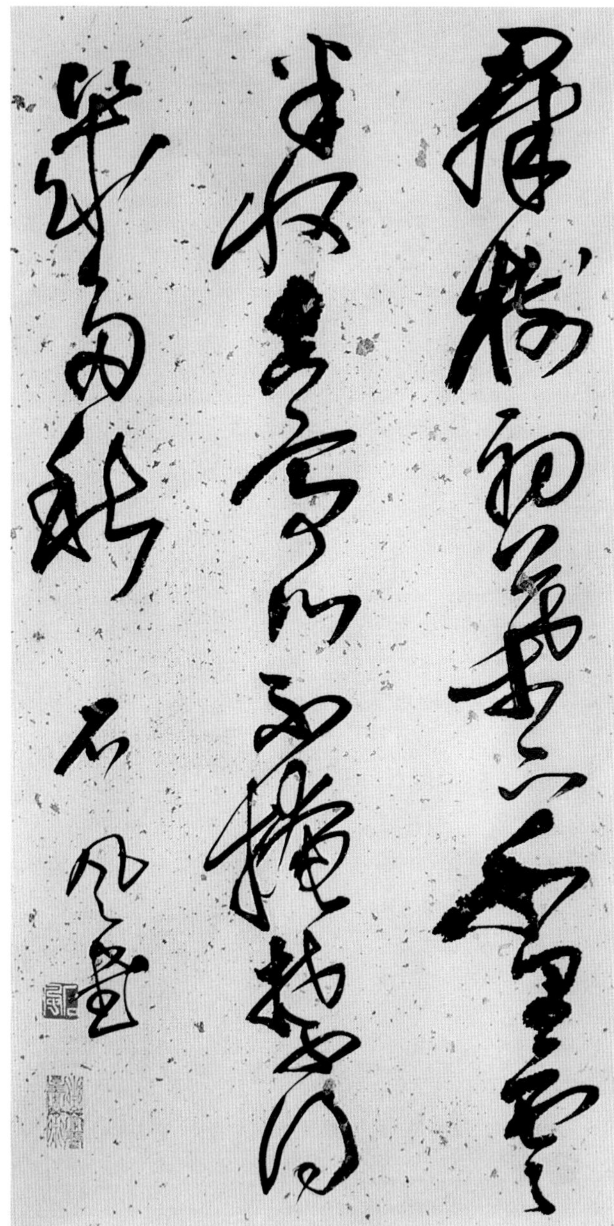

石 風
草書軸
羣樹初葉(葉初)下千里雲半收
空亭門不掩禁得幾多秋

田舍郎
秋思

樓勝鮮
(自用姓名印)

田　尉
夏日小景

潘培榮
蘭竹雙清

邵德法
長安漢畫像石

鄭若泉·魚樂圖

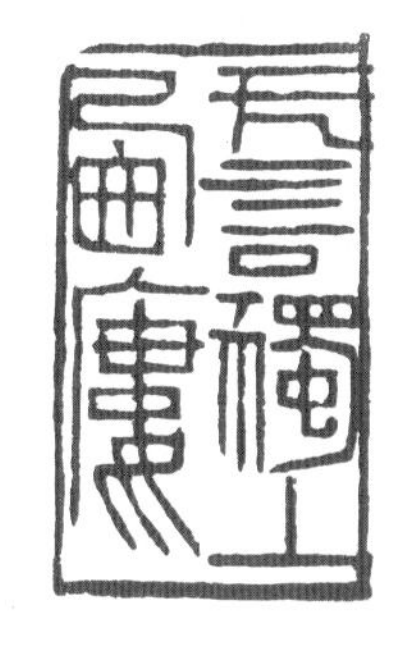

趙永金
無言獨上西樓(連款)

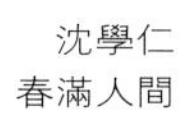
沈學仁
春滿人間

廖俊鴻
紫綬雛鷄

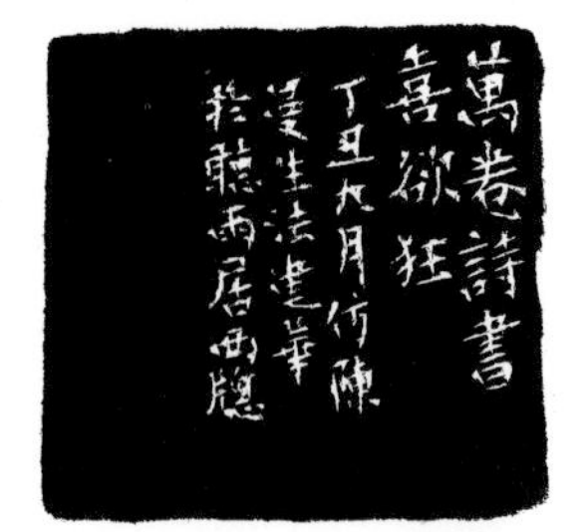

桑建華
萬卷詩書喜欲狂(連款)

張偉平
江遠欲浮天